Lisa [illegible]

Wien,
aux Gazelles, 15.12.09

SONDERZAHL

Sonderzahl

Neuerscheinungen und Gesamtverzeichnis

Aktion 21 – pro Bürgerbeteiligung (Hg.)
Raus aus der Sackgasse
Bürgerinitiativen und Bürgerbeteiligung in Wien
Mit einem Vorwort von Anneliese Rohrer
Br., 280 S., € 19,90, ISBN 978 3 85449 324 2

DEMO-KRATIE

»An allem Unfug der passiert, sind nicht etwa nur di schuld, die ihn tun, sondern auch die, die ihn nicht verhindern.«

Erich Kästner

Stellen Sie sich Wien heute vor ohne unverbauten Wienerwald, ohne Naschmarkt, mit verbauten Steinhofgründen und einem Spittelberg, wo statt der Biedermeierhäuser neue Wohnbauten stünden. Undenkbar!?

Hätte es nicht in diesen drei und vielen anderen Fällen Bürgerinitiativen gegen solche Vorhaben gegeben, wäre Wien heute um einige herausragende Sehenswürdigkeiten, Parkanlagen und Naherholungsgebiete ärmer.

Raus aus der Sackgasse ist ein Stadtbuch der anderen Art: Es weist den Weg aus der demokratiepolitischen Sackgasse und illustriert diesen mit einem Überblick über 33 der zur Zeit in Wien aktiven Bürgerinitiativen, die sich zu aktion 21-pro Bürgerbeteiligung zusammengeschlossen haben. Die gefährdeten Orte reichen vom Augarten bis Breitensee, von Grinzing über den Bahnhof Wien Mitte und die Sofiensäle bis zum Landstrasser Gürtel.

Finanzkrise

Polt-Heinzl, Evelyne
Einstürzende Finanzwelten
Markt, Gesellschaft & Literatur
Engl. Br., 192 S., € 18,–
ISBN 978 3 85449 322 8

In Zeiten reger Diskussion um die aktuelle Finanzkrise, Wirtschaft, Gesellschaft kann es nicht schaden, auch andere Quellen als die einschlägige Berichterstattung, die oft über das Niveau des Wetterberichts nicht hinauskommt, zu konsultieren – nämlich die schöne Literatur – und auch andere Zeiten mit ihren Krisen ins Blickfeld zu bringen. Die Literaturwissenschaftlerin Evelyne Polt-Heinzl hat mit gewohnter Akribie die Literaturgeschichte des 20. Jahrhunderts, von Joseph Roth über Peter Handke bis Kathrin Röggla und viele heute eher vergessene Literaten wie Otto Soyka oder Raoul Auernheimer, durchforstet.

Polt-Heinzl hat aber mit *Einstürzende Finanzwelten* nicht nur ein kluges und lehrreiches Buch geschrieben, sondern ein eminent politisches, in dem sie mit Kritik an der herrschenden Praxis, etwa Gewinne zu privatisieren und Verluste zu vergesellschaften, nicht spart.

Vom Eigensinn des Ich in einer verkehrten Wet

Confurius, Gerrit
Der Pinocchio-Effekt
Essay
Br., 160 S., € 18,–
ISBN 978 3 85449 317 4

Carlo Collodis Erzählung Pinocchio wird stets als Kinderbuch gelesen. Gerrit Confurius widerspricht dieser Lesart und fragt vielmehr, warum wir ein Kinderbuch daraus machen. Denn wir könnten die animierte Holzfigur als Narren ansehen, als hoffnungslosen Psychopathen oder als Traumatisierten. Der Autor verführt dazu, den von Disney verhunzten Pinocchio völlig neu zu entdecken, indem er ihn auf eine Ebene stellt mit Dantes Göttlicher Komödie und Cervantes' Don Quijote und mögliche Vorbilder auch in der hellenistischen Satire ausmacht. Die Lektüre der Erzählung erweist sich als Protokoll dessen, was sich bei der Lektüre mit dem Leser ereignet.

Burger, Rudolf
Jenseits der Linie
Ausgewählte philosophische Erzählungen
engl. Br., 388 S., € 25
ISBN 978 3 85449 304 4

»Burger besorgt das wenig einträgliche und noch weniger bedankte Geschäft der Desillusionierung mit einer stilistischen Eleganz, die hierzulande ihresgleichen sucht.« Der Standard

»Philosophie, die einmal überholt schien, erhält sich am Leben, weil der Augenblick ihrer Verwirklichung versäumt ward« – der änigmatische Eröffnungssatz von Theodor W. Adornos Negativer Dialektik (Wann hat es diesen emphatischen Augenblick je gegeben?) regiert die vorliegenden Arbeiten als Leitmotiv:
Sie sind Orientierungsversuche nach dem Verdampfen geschichtsphilosophischer Illusionen, ja aller ontologischer Gewissheiten überhaupt in einer vom Nihilismus ausgeglühten Welt. Der erste Block der hier versammelten, älteren Aufsätze umkreist gnoseologische, ethische und ästhetische Aspekte der seinerzeit heiß diskutierten, heute schon fast vergessenen »Postmoderne«, die eine geistesgeschichtliche Epoche beschloss, die jüngeren Texte des zweiten Blocks greifen politphilosophische Probleme der aktuellen Gegenwart auf; sie sind bisher nicht in Buchform erschienen.

Aus der Arbeitswel

Halmer, Bernhard
Krobath, Peter A.
Lexikon der Sabotage
Betrug, Verweigerung, Racheakte und Schabernack am Arbeitsplatz
Br., 192 S., € 18,–
ISBN 978 3 85449 295 5

»Lässt sich da nicht etwas machen?«, fragte er. »Unbedingt«, sagte ich.

Stromzähler-Monteur

Es gibt unerlaubte Handlungen im (Berufs-)Leben, von denen durchaus geredet wird – aber nur hinter vorgehaltener Hand. Was im privaten Jargon gerne als Notwehr oder Heldentat umschrieben wird, ist juristisch gesehen nichts anderes als Betriebskriminalität. Statistiken besagen, dass diese Form der Kriminalität in Österreich und Deutschland in den letzten Jahren gestiegen ist.
Bernhard Halmer und Peter A. Krobath haben sich in den letzten Jahren umgehört und zu Papier gebracht, was eigentlich nicht für die Öffentlichkeit bestimmt ist. Das *Lexikon der Sabotage* gibt einen spannenden und soziologisch interessanten Einblick in die psycho-soziale Befindlichkeit von Arbeitnehmern und freien Mitarbeitern.

»100 soziologisch durchaus aufschlussreiche Berichte aus deutschen, österreichischen und schweizerischen Betrieben.«
Ö1 - Leporello

»Selten hat ein Buch einen derart kurzweiligen und doch vielschichtigen Einblick in unsere Arbeitswelt geboten.«
Universum Magazin

SOFIA ABSTRACT

REIHE:
REKONSTRUKTIONEN

FAN SPACE

DAMASKUS CODE

PERU TRAIL

Sofia Abstract beschreibt, zeichnet und fotografiert den Umbau der bulgarischen Hauptstadt anhand ihrer Architektur. Zwischen halbunterirdischen Klek-Geschäften, die ihre Kunden in die Knie zwingen, Investitionsruinen am Hang des Vitoscha-Berges und zaghaften Initiativen für zeitgenössische Kunst redefiniert Sofia seine räumliche Identität.

TU-Wien (Hg.)
Sofia Abstract
Br., 154 S., zahlr. Abb., € 15,–
ISBN 978 3 85449 325 9

Damaskus Code
Muster, Regeln, Rituale
Vorwort von Harald Trapp
Br., 154 S., Abb., € 15,–
ISBN 978 3 85449 262 7

Peru Trail
Einrichtung im Unterwegs
Br., 154 S., zahlr. Abb., € 15,–
ISBN 978 3 85449 272 6

Fan Space
Feld, Stadion, Stadt
Br., 156 S., zahlr. Abb., € 15,–
ISBN 978 3 85449 294 8

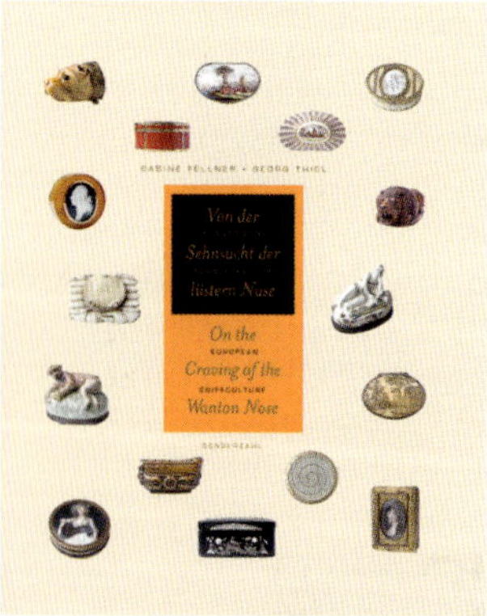

Trilogie der Tabakkultur

Fellner, Sabine u. Thiel, Georg

Memphis, Nil & Jonny
Kunst & Design für Austria Tabak
Hardcover, 108 S., € 19,90
ISBN 978 3 85449 296 2

Von der Sehnsucht der lüstern Nase
Europäische Schnupfkultur
Hardcover, 88 S., € 19,90
ISBN 987 3 85449 305 1

Nicotiana
Europäische Rauchkultur
Hardcover, 152 S., € 25
ISBN 978 3 85449 312 9

»Mit dem rosaroten Umschlag und dem schon fast trashig wirkenden dünnen grauen Papier liegt die „Weltbude" in der Hand wie ein Reiseführer und mit dem Rebus und der Collage, die das Cover zieren, ist das Reiseziel klar umrissen: Eine Insel, ja eine Rettungsinsel für die sprachmaterialbezogene Literatur, die sich seit über drei Jahrzehnten in der Kutschkergasse in Wien-Währing befindet und von Gerhard Jaschke zu einem lebendigen literarischen Biotop ersten Ranges gestaltet wurde.«
www.literaturhaus.at

Literatur

Matejka, Peter (Hg.)
Ich hoffe, ich störe
Festschrift für Gerhard Jaschke zum 60. Geburtstag
Br., 56 S., € 9,90
ISBN 978 3 85449 326 6

Jaschke, Gerhard
Weltbude
Engl. Br., 190 S., € 16,
ISBN 978 3 85449 308 2

Endlich doch noch
Kurzprosa
Br., 144 S., € 9,90
ISBN 978 3 85449 282 5

Illusionsgebiet Nervenruh
Kurzprosa
Engl. Br., 128 S., € 14,50
ISBN 978 3 85449 121 7

LITERATUR

WANNEN WONNEN

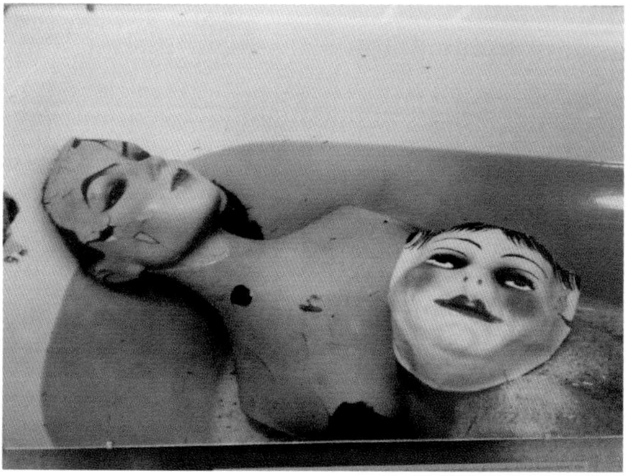

Wannen Wonnen besteht aus unterschiedlichen Genres. Mit einem Gemisch von Erzählung, Notat, Reportage, Essay und Gedicht wird Lisa Fritsch dem Phänomen Badewanne in seinen kulturhistorischen Facetten gerecht: vom Ort des Alleinseins bis zum Badezimmer für die gemeinsame Schönheitspflege, vom Ort für physikalische Experimente bis zur Wanne als Tatort.
Marcel Duchamps Tod im Badezimmer und Jean-Paul Marats letzte Lebenstage in der Badewanne, wo er Linderung von seiner Hautkrankheit suchte, sowie der immer noch ungeklärte (Selbst-)Mordfall des deutschen Politikers Uwe Barschel werden ausführlich dargelegt; die anderen, knapper gehaltenen Texte sind aber nicht weniger einprägsam.

Fritsch, Lisa
Wannen Wonnen
Engl. Br., 144 S., € 16,–
ISBN 978 3 85449 318 1

Am Spieltisch
Die Sucht nach Gewinn und Verlust
Engl. Br., 160 S., € 16,–
ISBN 978 3 85449 218 4

Petricek, Gabriele
Von den Himmeln
Triptychon
Hardcover, 160 S., € 18,–
ISBN 978 3 85449 323 5

... Menschen, die von den Himmeln kommen und vom Leben heimgesucht werden.

Es gibt Menschen, die von den Himmeln kommen, dennoch nicht engelhaft und unschuldig sind: zwar ausgestattet mit Talenten, aber geprägt von schicksalhaften Umständen, die sie selbst bewirkten. Gabriele Petricek hat sich in drei Novellen, deren Zusammenschau als Triptychon erkennbar wird, dem Thema Schuld und Scheitern verschrieben.
Sie folgt den verschlungenen Pfaden ihrer Figuren in poetisch hoch aufgeladener Sprache. Artifiziell wie anschaulich in ihren Beschreibungen von Landschaften und Wettervorgängen, sind diese mehr als stimmige Folien für die seelischen Abgründe von Menschen, die von den Himmeln kommen und vom Leben heimgesucht werden.

LITERATUR

Clar, Peter
Nehmen Sie mich beim Wort
Hardcover, 128 S., € 16,–
ISBN 978 3 85449 310 5

X liebt die Y und Y den X

– doch sie können zueinander nicht kommen. Sie gehen, flanieren, eilen durch die Stadt, besuchen Kaffeehäuser und Freunde, schreiben und studieren, denken nach und diskutieren, trinken und schlafen – aber all dies nicht miteinander. Wer steht ihnen im Weg? Der Autor Peter Clar, der sie aber doch geschaffen hat? Was steht ihnen im Weg? Die Sprache, die sie aber in Bewegung und am Leben hält?
In seinem ebenso unterhaltsamen wie geistreichen Debüt *Nehmen Sie mich beim Wort* gibt Peter Clar keine Antworten, hält vielmehr wie ein Jongleur alle seine Bälle virtuos in der Luft – die Antworten stecken letztendlich in der Sprache selbst, sie ist die einzig gültige Autorität.

»Wer aber, nach all den entscheidenden Fragen zur Autorposition, doch noch immer wissen will, ob X und Y zueinander finden, sollte sich schnellstens Clars Debüt schnappen und darüber staunen, wie der dramatisierte Erzähler am Ende von den beiden Protagonisten zum Verschwinden gebracht wird.«
www.literaturhaus.at

Alles beginnt mit einem Telefonanruf: mit einer vergessenen Handtasche und einer Namensverwechslung. Wo und wer ist Elisabeth Cejpek? Für den Autor Lucas Cejpek beginnt eine Spurensuche, auch in der eigenen Biografie. Anhaltspunkte bilden dabei die Dinge, die Elisabeth zurückgelassen hat: Jedes einzelne eröffnet ein eigenes Feld, das zu Ab- und Ausschweifungen führt. Ein Treffpunkt all dieser Fantasien ist Dubai, das Disneyland des globalen Warenverkehrs. Ein anderer Bezugspunkt ist der Mittelwesten der USA, der im Zeichen des Sturms steht: der meteorologischen und finanzpolitischen Krise. Auf der Suche nach der Hauptfigur seines Romans wird das Buch für den Autor zu einem Puzzle, das sich nie zu einem ganzen Bild fügt. Eine Leerstelle ist schließlich ein Versprechen, das sich unterschiedlich erfüllen lässt, durch die jeweilige Leserin oder den Leser.

»So reizvoll die Versuchsanordnung des Romans und so schnörkellos elegant seine Sprache ist …«
Falter

Cejpek, Lucas
Wo ist Elisabeth?
Hardcover 228 S., € 18,–
ISBN 978 3 85449 309 9

Diebsgut
Essays
Franz. Br., 168 S., € 12,–
ISBN 978 3 85449 021 0

Ihr Wunsch
Gesellschaftsroman
+ Materialienband
Br., 184 S. + 80 S., € 24,–
ISBN 978 3 85449 098 2

Keine Namen
Roman
Br., 176 S., € 16,–
ISBN 978 3 85449 184 2

Ludwig
Roman
Franz. Br., 168 S., € 14,50
ISBN 978 3 85449 024 1

Vera Vera
Roman
Franz. Br., 144 S., € 14,50
ISBN 978 3 85449 046 3

edition graz

Keiner weiß, was wirklich ist.

Der vorliegende Band ist dem Verhältnis von Literatur und Traum gewidmet, wobei darin die Autorin erneut die Funktion einer Vermittlerin einnimmt, indem sie die unsicheren Grenzen zwischen Traum und Wachen, zwischen Sein und Schein aufzeigt.

das ist ein gutes Gedicht

Die im Band »Süßwasser weinen« versammelten Gedichte Helwig Brunners sind radikal offene Aufzeichnungen im freien Feld der Sinne und des Sinnens, geprägt durch die regellos dichte Verflechtung musisch-ästhetischer, naturwissenschaftlicher und assoziativer Zugänge.

Die Zerzausung bin ich

»Ein schlimmes Kind bin ich«, heißt es bei Wolfgang Bauer. Und tatsächlich brachte kaum ein Schriftsteller seiner Generation die Öffentlichkeit so durcheinander wie der 2005 verstorbene Grazer. Selbst heute noch sind nicht alle einer Meinung mit Peter Handke: »Wolfgang Bauer war genial«.

Brunner, Helwig
Süßwasser weinen
Gedichte, edition graz 2
Br., 120 Seiten, € 15,–
ISBN 978 3 85449 290 0

Bauer, Wolfgang
Ein schlimmes Kind bin ich
Dramen Prosa Lyrik
Br., 240 S., € 19,90
ISBN 978 3 85449 266 5

Frischmuth, Barbara
Traum der Literatur – Literatur des Traums
Münchner Poetik-Vorlesungen
Br., 128 Seiten, € 15,–
ISBN 978 3 85449 307 5

Bandhauer, Dieter (Hg.)
Kopf und Zahl
20 Dramolette …
Fragen … Jahre
Br., 80 S., € 9,90,–
ISBN 978 3 85449 221 4

Bernhofer, Martin (Hg.)
Das Buch meines Lebens
Erinnerungen an das Lesen
Engl. Br., 234 S., € 16,–
ISBN 978 3 85449 150 7

Cejpek, Lucas (Hg.)
Zettelwerk
Gespräche zu einer möglichen Form
Br., 208 S., 49 Abb., € 16,–
ISBN 978 3 85449 6

Cejpek, Lucas (Hg.)
Beckett Pause
Minidramen
Br., 204 S., € 16,–
ISBN 978 3 85449 267 2

Cejpek, Lucas
Kreidl, Margret (Hg.)
Der Geschmack der Fremde
Rezepte Gespräche
Br., 240 S., € 19,80
ISBN 978 3 85449 223 8

Conte, Ultimo Bruno
Monastèrile
Erzählung. Aus dem Ital. v. Alexandra Millner
Br., 152 S., 5 Abb., € 16,–
ISBN 978 3 85449 165 1

Czernin, Franz Josef
die aphorismen
eine einführung in die mechanik
Br., 1054 S., 9 Bände, € 200,–
ISBN 978 3 85449 045 6

BACKLIST

Drawert, Kurt
Emma. Ein Weg
Mit Fotos von Ute Döring
Engl. Br., 120 S., 31 Abb., € 16,–
ISBN 978 3 85449 228 3

Eisendle, Helmut
Dschungel der Liebe
Leinen mit Schutzumschlag, 64 S., 4 Abb., € 10,50
ISBN 978 3 85449 143 9

Eisendle, Helmut
Entzauberungen
Aufsätze zu Literatur und Kunst
Engl. Br., 152 S., € 14,50
ISBN 978 3 85449 068 5

Eisler-Fischer, Louise
Es war nicht immer Liebe
Texte und Briefe, Hg. von Maren Köster, Jürgen Schebera und Friederike Wißmann
Br., 240 S., € 22,–
ISBN 978 3 85449 258 0

Ernst, Gustav
Helden der Kunst – Helden der Liebe
Roman
Br., 168 S., € 16,–
ISBN 978 3 85449 299 3

Ernst, Gustav
Blutbad, Strip und tausend Rosen
Theaterstücke
Br., 700 S., € 39,–
ISBN 978 3 85449 222 1

Ernst, Gustav
Die Frau des Kanzlers
Eine Rede
Leinen mit Schutzumschlag, 96 S., € 14,30
ISBN 978 3 85449 200 9

Ernst, Gustav
Tollhaus
Dialoge. Szenen. Kleine Stücke
Br., 144 S., € 16,-
ISBN 978 3 85449 283 2

Fanta, Walter
Sonnenbichler, Bernadette
Ulrich und Agathe im Kino
Update: Robert Musils »Mann ohne Eigenschaften«
Br., 160 S., € 16,-
ISBN 978 3 85449 231 3

Hartberger, Sven
common sense – COMIC SENSE
Vorwort von K.-M. Gauß
Br., 120 S., € 14,30
ISBN 978 3 85449 219 1

Kaiser, Konstantin
Das unsichtbare Kind
Essays und Kritiken
Br., S. 208, € 18,–
ISBN 978 3 85449 185 9

Kerschbaumer, Marie-Thérèse (Hg.)
Arkadien / Apologie
Br., 246 S., € 19,80
ISBN 978 3 85449 206 1

Kneissl, Franz
Eine Ratte namens Apfel
Architektur-Roman
Br., S. 376, € 21,50
ISBN 978 3 85449 187 3

Kneissl, Franz
Taxi zum Parkplatz
Farben Spiele
Br., 120 Seiten, € 15,–
ISBN 978 3 85449 248 1

Kofler, Werner / Fian, Antonio
Blöde Kaffern, dunkler Erdteil
3 Hörspiele
Engl. Br., 108 S. + CD, € 21,–
ISBN 978 3 85449 134 7

Korte, Ralf B.
Pechmann, Paul
Schranz, Helmut (Hg.)
perspektive
revue nach 49 nummern.
konzepte f. eine zeitgen. literatur
Br., 320 Seiten, € 21,-
ISBN 978 3 85449 250 4

Menasse, Robert
Hysterien und andere historische Irrtümer
Mit der Rede zur Eröffnung der Frankfurter Buchmesse 1995
Br., 96 S., € 14,50
ISBN 978 3 85449 099 9

Menasse, Robert
Die sozialpartnerschaftliche Ästhetik
Essays zum österr. Geist
Leinen mit Schutzumschlag, 224 S., 27 Abb., € 18,–
ISBN 978 3 85449 027 2

Moser, Manfred
Moser, Wilhelm
Baustellen
7 Begehungen
Engl. Br., 160 S., 88 Abb., € 18,–
ISBN 978 3 85449 060 9

Petrik, Dine
Bibliotheca Alexandrina
Unterwegs auf
Weltwunderboden
Br., 112 S., 10 Abb., € 14,–
ISBN 978 3 85449 229 0

Rosei, Peter
Österreichs Größe,
Österreichs Stolz
Ideentheater
Hardcover, 160 S., € 15,–
ISBN 978 3 85449 287 0

Rosei, Peter
Die sog. Unsterblichkeit
Kleine Schriften
Br., 144 S., € 16,–
ISBN 978 3 85449 247 4

Rosei, Peter
Dramatisches
Engl. Br., 272 S., € 21,50
ISBN 978 3 85449 194 1

Rosei, Peter
Dramatisches II
Nachwort von Walter Vogl
Engl. Br., 192 S., € 19,80
ISBN 978 3 85449 217 7

Rosei, Peter
Naturverstrickt
Essays samt einem Duett
mit R. O'Hanlon
Engl. Br., 108 S., € 14,50
ISBN 978 3 85449 128 6

BACKLIST

Rosei, Peter
St. Petersburg. Paris. Tokyo ...
Reisefeuilltons
Leinen mit Schutzumschlag, 132 S., € 14,50
ISBN 978 3 85449 177 4

Sacher-Masoch, Leopold von
Diderot in Petersburg
Mit Essays von Horst Thomé,
Hans Hinterhäuser
und Walter Vogl
Franz. Br., 112 S., 6 Abb., € 13,–
ISBN 978 3 85449 014 2

Schmatz, Ferdinand
Sprache Macht Gewalt
Stich-Wörter zu einem Fragment
des Gemeinen
Engl. Br., 160 S., € 14,50
ISBN 978 3 85449 058 6

Schneider, Gerd K.
Braunwarth, Peter Michael (Hg.)
Ringel-Ringel-REIGEN
Parodien von Arthur
Schnitzlers »Reigen«
Br., 160 Seiten, € 16,–
ISBN 978 3 85449 239 1

Scholl, Sabine
Sprachlos in Japan
Notizen zur globalen Seele
Br., 160 S., € 16,–
ISBN 978 3 85449 257 3

Ujvary, Liesl
Alphaversionen
Prosa
Br., 126 S., € 15,-
ISBN 978 3 85449 256 6

Ujvary, Liesl
Kontrollierte Spiele
Sieben Artefakte
Engl. Br., 120 S., € 14,30
ISBN 978 3 85449 202 3

Ulama, Margit
Die dritte Person
Roman
Engl. Br., 208 S., € 16,–
ISBN 978 3 85449 070 8

Ulama, Margit
Wäßrige Luft
Zwei Erzählungen
Engl. Br., 160 S., € 14,50
ISBN 978 3 85449 102 6

Vogl, Walter
Unter dem Kimono
Erzählung
Engl. Br., 128 S., € 10,50
ISBN 978 3 85449 074 6

Wimmer, Herbert J.
die tücke der objekte
Engl. Br., 144 S., € 16,–
ISBN 978 3 85449 268 9

Wimmer, Herbert J.
der zeitpfeil
roman
Engl. Br., 216 S., € 16,–
ISBN 978 3 85449 211 5

LITERATUR

Wimmer, Herbert J.
innere stadt
roman
Engl. Br., 120 S. + CD, € 22,–
ISBN 978 3 85449 036 4

Wimmer, Herbert J.
auto stop
tempo texte
Engl. Br., 124 S., € 14,50
ISBN 978 3 85449 151 4

Wimmer, Herbert J.
das offene schloß
ambivalenz roman
L. m. Schutzu., 324 S., € 21,50
ISBN 978 3 85449 137 8

Wimmer, Herbert J.
unsichtbare filme
ein relativer roman
Engl. Br., 144 S., € 14,50
ISBN 978 3 85449 124 8

Wimmer, Herbert J.
die flache kugel
11 micromane.transformationen
Engl. Br., 124 S., € 14,50
ISBN 978 3 85449 054 8

Wimmer, Herbert J.
kühlzack & flexer
aggregat
Engl. Br., 440 S., € 29,–
ISBN 978 3 85449 298 6

www.sonderzahl.at • Große Neugasse 35/15, A-1040 Wien
Tel. + Fax 0043/1/586 80 70 • sonderzahl-verlag@chello.at

LITERATUR WISSENSCHAFT

Die Sprache, die wir führen, ist leider wenig geeignet, die wirklichen Dimensionen unseres Landes auszusprechen. Franz Schuh

Die österreichische Literatur ist in einem Zwischenraum zwischen der deutschen Literatur und der Literatur seiner Nachbarn angesiedelt und von daher nicht im Rahmen geläufigen Vorstellungen nationaler Literaturen, sondern nur in einem kulturellen Format zu fassen.

Müller-Funk will in *Komplex Österreich*, das Beiträge u. a. zu Grillparzer, Stifter, Schnitzler und Saar, zu Musil, Broch, Canetti, Roth, Ransmayr, Gstrein und Dinevk umfasst, keine Einheitlichkeit vortäuschen, doch erhellen sich seine Beiträge wechselseitig und ergeben bei aller Brüchigkeit einen unverwechselbaren Gesamtzusammenhang, legen die symbolischen Konstruktionen frei, die eine österreichische Literatur konstituieren. Insofern ist dieses Buch auch als eine Einführung in die österreichische Literatur zu lesen, eine Introduktion ganz eigener Art.

Müller-Funk, Wolfgang
Komplex Österreich
Fragmente zu einer Geschichte der modernen österreichischen Literatur
Br., 460 S., € 29,–
ISBN 978 3 85449 321 1

LITERATUR WISSENSCHAFT

Pfabigan, Alfred
Thomas Bernhard
Ein österreichisches Weltexperime
Erweiterte Neuauflage
Br., 384 S., € 25,–
ISBN 978 3 85449 311 2

Mit seinem Romandebüt *Frost* legte Thomas Bernhard 1963 den Grundstein zu einem der umfangreichsten und faszinierendsten Erzählwerke der deutschsprachigen Literatur, das 1986 mit *Auslöschung* seinen Abschluss fand.
Bei der Beschäftigung damit wurden sowohl rückhaltlose Bewunderer als auch kompromisslose Gegnern von der Polemik und Virtuosität des Wiederholungs- und Übertreibungskünstlers geblendet, wobei die inneren Zusammenhänge von Bernhards Prosa verloren gingen. Alfred Pfabigans Buch ist das Ergebnis jahrelanger intensiver Lektüre. Zum ersten Mal wird Bernhards Welt als ganze sichtbar: Die Gesetze, denen seine Figuren unterliegen, ihre Konflikte und Krisen, aber auch die Entwicklungen, die sie im Laufe der Werkgeschichte durchmachen. Jedem Prosatext ist ein einzelnes, in sich geschlossenes Kapitel gewidmet und so ist ein Handbuch entstanden, auf das kein Bernhard-Leser verzichten kann.

Die Wiener Theaterwissenschaftlerin Monika Meister spannt in ihrer Arbeit den Bogen von der Antikenrezeption bis in die jüngste Gegenwart. Ihr Denken ist nicht linear theatergeschichtlich orientiert, sondern entwickelt neue Zusammenhänge innerhalb der szenischen Künste. Die hier versammelten Vorträge, Aufsätze und Essays sind unter jenem Gesichtspunkt ausgewählt, der Meisters spezifisches Forschungsinteresse an geschichtlichen und gegewärtigen szenischen Konstellationen widerspiegelt.

In ihrer wissenschaftlichen Arbeit steht der Blick für ästhetische Verfahrensweisen und Strategien im Vordergrund. Ausgehend von der Fort- und Umschreibung antiker Mythen über Heinrich von Kleists Poetologie, Bertolt Brechts epischem Theater bis hin zu Elfriede Jelineks Dramaturgie untersucht die Autorin Kontinuitäten und Brüche zwischen Tradition und Avantgarde.

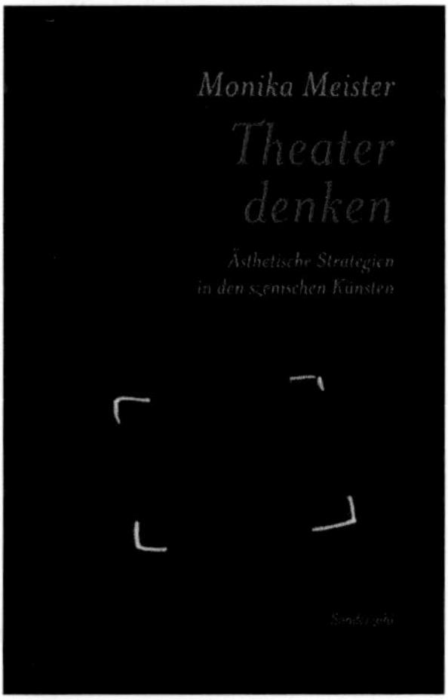

Meister, Monika
Theater denken
Ästhetische Strategien in den szenischen Künsten
Br., 382 S., € 25,–
ISBN 978 3 85449 314 3

TEXTE & MATERIALIEN

Amann, Klaus (Hg.)
Werner Kofler
Texte und Materialien
Br., 232 S., 36 Abb., € 21,50
ISBN 978 3 85449 167 5

Fetz, Bernhard (Hg.)
Ernst Fischer
Texte und Materialien
Br., 256 S., 39 Abb., € 21,50
ISBN 978 3 85449 161 3

Hansel, Michael (Hg.)
Christine Busta
Texte und Materialien
Br., 224 S., 50 Abb., € 22,–
ISBN 978 3 85449 291 7

Kastberger, Klaus (Hg.)
George Saiko
Texte und Materialien
Br., 176 S., zahlr. Faksimile u. Abb., € 19,80
ISBN 978 3 85449 212 2

Kastberger, Klaus (Hg.)
Andreas Okopenko
Texte und Materialien
Br., 144 S., 14 Abb., € 18,–
ISBN 978 3 85449 130 9

Kaar, Sonja
H. C. Artmann
Texte und Materialien zum dramatischen Werk
Br., 220 S. , zahlr. Faksimile, € 22,–
ISBN 978 3 85449 213 9

BACKLIST

Alker, Stefan
Brandtner, Andreas (Hg.)
Gerhard Fritsch
Schriftsteller in Österreich
Br., 268 S., 50 Abb., € 19,80
ISBN 978 3 85449 245 0

Amann, Klaus (Hg.)
Die Aufhebung der Schwerkraft
Zu Gert Jonkes Poesie
Engl. Br., 208 S., 8 Abb., € 16,–
ISBN 978 3 85449 129 3

Amann, Klaus
Hafner, Fabjan (Hg.)
Freund und Feind
Über literarische Vor- und Gegenbilder
Br., 192 S., € 19,80
ISBN 978 3 85449 215 3

Aspetsberger, Friedbert
Einritzungen auf der Pyramide des Mykerinos
Zum Geschlecht [in] der Literatur
Engl. Br., 224 S., € 16,–
ISBN 978 3 85449 107 1

Aspetsberger, Friedbert
Schnitzler – Bernhard – Menasse Der Umstandsmeier – Der Angeber – Der Entgeisterer
Dreimal gute Literatur
Br., 176 S., 37 Abb., € 16,–
ISBN 978 3 85449 208 5

Atze, Marcel / Böhm, Hermann (Hg.)
»Wann ordnest Du Deine Bücher?«
Die Bibliothek von H. C. Artmann
Eng. Br., 240 S., 100 sw u. 40 farb. Abb.
ISBN 978 3 85449 261 0

Burda, Gerhard
Religion und Differenz
Derrida. Lacan
208 S., € 16,–
ISBN 978 3 85449 292 4

Czernin, Franz Josef
Die Schreibhand
Zu Reinhard Priessnitz' Gedicht »heldin«
Engl. Br., 156 S., € 14,50
ISBN 978 3 85449 119 4

Deutsch-Schreiner, Evelyn
Theater im ›Wiederaufbau‹
Zur Kulturpolitik im österr. Parteien- und Verbändestaat
Hardcover, 412 S., 84 Abb., € 36,–
ISBN 978 3 85449 156 9

Egyptien, Jürgen
Der »Anschluß« als Sündenfall
Hans Leberts literarisches Werk und intellektuelle Gestalt
Leinen mit Schutzumschlag, 304 S., 33 Abb., € 29,–
ISBN 978 3 85449 115 6

Forster, Brigitte
Müller, Hans-Harald (Hg.)
Leo Perutz
Br., 260 S., € 21,50
ISBN 978 3 85449 197 2

Hinterhäuser, Hans
Streifzüge durch die romanische Welt
Franz. Br., 296 S., € 16,–
ISBN 978 3 85449 022 7

Hofer, Wolfgang / Mack, K. (Hg.)
Spiegelungen
Denkbilder zur Biographie Brochs
Franz. Br., 108 S., 80 Abb., € 12,–
ISBN 978 3 85449 001 2

Kastberger, Klaus
Vom Eigensinn des Schreibens
Produktionsweisen moderner österreichischer Literatur
Br., 336 S., € 25,–
ISBN 978 3 85449 269 6

Kastberger, Klaus (Hg.)
Nullgeschichte, die trotzdem war
Zu Marianne Fritz
Engl. Br., 160 S., 2 Abb., € 14,50
ISBN 978 3 85449 080 7

Kastberger, Klaus
Schmidt-Dengler, Wendelin (Hg.)
In Böen wechselt mein Sinn
Zu Friederike Mayröcker
Engl. Br., 172 S., 10 Abb., € 16,–
ISBN 978 3 85449 093 7

Klotz, Volker
Gegenstand und Gegenspieler
Widersacher auf der Bühne: Dinge, Briefe, aber auch Barbiere
Br., 272 S., € 18,–
ISBN 978 3 85449 170 5

Melzer, Gerhard / Pechmann, Paul (Hg.)
Sprachmusik
Grenzgänge der Literatur
Leinen mit Schutzumschlag, 264 S., 160 Abb., € 33,–
ISBN 978 3 85449 210 8

Millner, Alexandra (Hg.)
Niemand stirbt besser
Theaterleben und Bühnentod im Kabinetttheater
Br., 192 S., 45 sw- und 21 Farb-Abb., € 19,80
ISBN 978 3 85449 240 5

Moser, Manfred
Schreiben ohne Ende
Letzte Texte zu Robert Musil
Franz. Br., 144 S., 6 Abb., € 14,50
ISBN 978 3 85449 034 0

Müller, Manfred (Hg.)
Alte Meister, Schufte, Außenseiter
Reflexionen über österreichische Literatur nach 1945
Br., 240 S., € 19,80
ISBN 978 3 85449 232 0

Poier-Bernhard, Astrid
Viel Spaß mit Haas!
Spiel – Regel – Literatur
Br., 176 S., € 16,–
ISBN 978 3 85449 205 4

Polt-Heinzl, Evelyne
Strigl, Daniela (Hg.)
Im Keller
Der Untergrund des literarischen Aufbruchs nach 1945
Br., 240 S., ca. 20 Abb., € 19,80
ISBN 978 3 85449 249 8

Pott, Hans-Georg
Die Wiederkehr der Stimme
Telekommunikation im Zeitalter der Post-Moderne
Engl. Br., 96 S., 11 Abb., € 14,50
ISBN 978 3 85449 084 5

Puff-Trojan, Andreas
SchattenSchriften
Deutschsprachige und französische Avantgarde-Literatur nach 1945
Hardcover, 432 S., zahlreiche Abb., € 25.-
ISBN 978 3 85449 280 1

LITERATUR WISSENSCHAFT

Puff-Trojan, Andreas
Wien/Berlin/Dada
Reisen mit Dr. Serner
Engl. Br., 304 S., 3 Abb., € 20,–
ISBN 978 3 85449 059 3

Puff-Trojan, Andreas
Ganglbauer, Horst Gerald (Hg.)
Textwechsel
Franz. Br., 304 S., € 14,50
ISBN 978 3 85449 044 9

Puff-Trojan, Andreas
Schmidt-Dengler, Wendelin (Hg.)
Der Pfiff aufs Ganze
Studien zu Dr. Serner
Engl Br., 136 S., € 14,50
ISBN 978 3 85449 091 3

Rohrwasser, Michael / Steinlechner, Gisela / Vogel, Juliane / Zintzen, Christiane
Freuds pompejanische Muse
Beiträge zu Wilhelm Jensens Novelle »Gradiva«
Br., 160 S., 15 Abb., € 14,50
ISBN 978 3 85449 101 9

Schlösser, Hermann
In Büchern unterwegs
Gedanken beim Lesen von Reiseliteratur
Br., 176 S., € 16,–
ISBN 978 3 85449 201 6

Schmatz, Ferdinand
Radikale Interpretation
Aufsätze zur Dichtung
Engl. Br., 184 S., € 16,–
ISBN 978 3 85449 142 2

Schmatz, Ferdinand
Sinn & Sinne
Wiener Gruppe, Wiener Aktionismus und andere Wegbereiter
Franz. Br., 188 S., € 14,50
ISBN 978 3 85449 041 8

Schmidt-Dengler, Wendelin
Der Übertreibungskünstler
Studien zu Thomas Bernhard
4. erweiterte Auflage
Engl. Br., 260 S., € 19,90
ISBN 978 3 85449 327 3

Schörkhuber, Eva (Hg.)
Was einmal wirklich war
Zum Werk von Robert Menasse
Br., 384 S., € 25,–
ISBN 978 3 85449 273 3

Scholl, Sabine
Die Welt als Ausland
Zur Literatur zwischen den Kulturen
Engl. Br., 160 S., € 16,–
ISBN 978 3 85449 147 6

Straub, Wolfgang
Willkommen
Literatur u. Fremdenverkehr in Österreich
Br., 272 S., 42 Abb., € 21,50
ISBN 978 3 85449 186 6

Vogl, Walter (Hg.)
Basic Rosei
Br., 258 S., € 18,–
ISBN 978 3 85449 168 2

Zintzen, Christiane (Hg.)
Öffentlichkeit und Charakter
Für Kurt Neumann / Essays
Engl. Br., 160 S., € 14,50
ISBN 978 3 85449 179 8

Grissemann, Stefan
Sündenfall
Die Grenzüberschreitungen des Filmemachers Ulrich Seidl
Br., 250 S., € 19,90
ISBN 978 3 85449 279 5

FILM

»Die schockierende, kontroversielle Arbeit Ulrich Seidls ist (endlich) Gegenstand einer ausführlichen Untersuchung geworden …« *ray-Filmmagazin*

»Präzision lässt Grissemann dabei nicht nur sprachlich walten, was (ganz abgesehen von den vielen erheiternden Zitaten über Seidl und aus seinem Werk) genussvolle Lektüre garantiert; Akkuratesse prägt auch die Analyse der Filme und ihrer Entstehung in langjähriger Kleinarbeit …« Die Presse / Spectrum

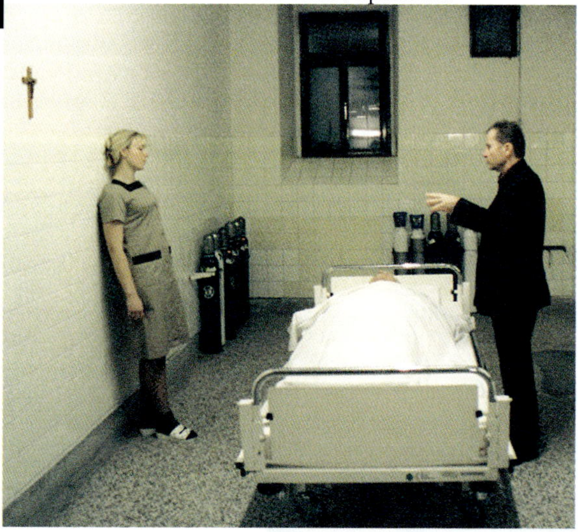

BACKLIST FILM

Blümlinger, Christa
Beckermann, Ruth (Hg.)
Ohne Untertitel
Fragmente einer Geschichte des österreichischen Kinos
Engl. Br., 416 S., 36 Abb., € 25,–
ISBN 978 3 85449 090 6

Blümlinger, Christa
Sierek, Karl (Hg.)
Das Gesicht im Zeitalter des bewegten Bildes
Br., 320 S., 30 Abb., € 21,50
ISBN 978 3 85449 180 4

Blümlinger, Christa
Wulff, Constantin (Hg.)
Schreiben Bilder Sprechen
Texte zum essayistischen Film
Engl. Br., 232 S., 19 Abb., € 14,50
ISBN 978 3 85449 038 8

Deutsch, Gustav / Schimek, Hanna
Film ist. Recherche
Br., 120 S., 185 Abb., € 19,80
ISBN 385449 199 6

Dumreicher, Heidi
Möller, Olaf (Hg.)
Im Anfang war der Blick
Ereignishorizont eines Films
Br., 160 S., zahlr. Abb., € 19,90
ISBN 978 3 85449 293 1

Mörth, Otto (Hg.)
Marc Adrian: Das filmische Werk
Br., 300 S., 426 Abb., € 21,50
ISBN 978 3 85449 140 8

Rapp, Christian
Höhenrausch
Der deutsche Bergfilm
288 S., 52 Abb., € 21,50
ISBN 978 3 85449 108 8

Ries, Marc
Medienkulturen
Br., 272 S., € 19,80
ISBN 978 3 85449 203 0

Schlemmer, Gottfried (Hg.)
Dietmar Brehm: Perfekt
Br., 256 S., 248 Abb., € 21,50
ISBN 978 3 85449 169 9

Schmid, Georg
Freud/Film
oder das Kino als Kur
Br., 400 S., zahlr. Abb., € 25,–
ISBN 978 3 85449 235 1

Schwärzler, Dietmar
Szely, Sylvia (Hg.)
Rohstoff 1/2/3
Eine filmhistorische Recherche nach der kleinen Form.
64/64/76 S., zahlr. Abb., € 18,-
ISBN 978 3 85449 265 8

Sierek, Karl
Aus der Bildhaft
Filmanalyse als Kinoästhetik
Engl. Br., 216 S., 50 Abb., € 16,
ISBN 978 3 85449 057 9

Szely, Sylvia (Hg.)
EXPORT LEXIKON
Chronologie der bewegten Bilder bei VALIE EXPORT
Br., 208 S., € 19,90
ISBN 978 3 85449 278 8

Szely, Sylvia (Hg.)
Fritz Lehner. Filme
Br., 256 S., 25 Abb., € 21,50
ISBN 978 3 85449 189 7

Lisa Fritsch

Wannen Wonnen

SONDERZAHL

www.sonderzahl.at

Schrift: TimesNewRomanPS
Druck: buch bücher dd ag, Birkach
ISBN 978 3 85449 318 1

Umschlag von Thomas Kussin unter Verwendung einer Fotografie von Rolf und Anneliese Jährling (*Schaufensterpuppe in der Badewanne* von Nam June Paik)

Inhalt

Notiz

Das Erstaunen im Gesicht der Frau, die es gut mit mir meinte: »Badewannen – kein Thema!« Und schon bin ich allein mit meiner Obsession. Der Schreibtisch ist mit Notizen, Fotografien und Zeitungsausschnitten von Badewannen in all ihrer Formenvielfalt zugedeckt: die Wanne als Whirlpool, als Viehtränke, als Trinkbrunnen, als Taufbecken, als Blumenbehälter, als Sarkophag mit Abflussloch. Wozu diese Öffnung? Die römischen Sarkophage wurden später als Badewannen benützt. Dort, wo Lust ist, ist die Wanne ein Ort erfüllbarer Wünsche. Und doch ist sie auch ein gefährlicher Ort. Sie kostet so manchen das Leben. In Badewannen sind mehr ungeklärte als geklärte Morde passiert. Was für eine Vorstellung, dass in der Wanne der Tod lauert! Lieber verzichte ich aufs Bad. Seitdem das Böse mein Schreiben erweitert und bereichert, ziehe ich duschen vor.

Landschaft mit Wanne

Eine Stahlwanne, nach einem Hagelschlag im Schlamm eingesunken, eine Wanne mit Emailleresten, die, vom Regen teilweise freigewaschen das Sonnenlicht reflektiert. Über ein Brennnesselfeld gebeugt, habe ich sie immer wieder fotografiert. Ich wusste, diese Wanne, die der Lust und Sauberkeit diente, würde mich lange beschäftigen.

Land der Berge, Land der Wannen. Ein reiches Land mit auffallend vielen Badewannen, die am Waldesrand, auf einem Moosteppich oder einer Weidefläche stehen, mit Kletterpflanzen überwachsen und gefüllt mit Regenwasser, ertränkten Fliegen, Sedimenten und abgefallenem Laub. Die Relikte einstiger Badefreuden entwickeln im Gelände ein solches Eigenleben, als hätten sie erst in einer neuen Verwendung, also unter freiem Himmel, ihren Platz gefunden. Meine Lieblingswannen sind souverän, auch dann, wenn sie erbärmlich aussehen. Aus welchen Badezimmern hatte man sie entfernt?
Am Tag meiner Abfahrt nach Wien entdeckte ich hinter einem Zaun zwei gusseiserne Wannen. Unter dem Grau einer Regenwolke stach mir ihr glänzendes Weiß über dem frisch gedüngten Feld ins Auge. Erdklumpen bedeckten die doppelwandigen Böden, wo das Wasser schon verdunstet war. Sollte ich mich auf der Heimreise getäuscht haben? Eine moosgrüne Wanne, die von der

Landschaft kaum zu unterscheiden war, hing an mehreren Pfosten und wurde von Kühen umlagert.* Sie glitt an meinem Waggonfenster vorbei, ehe der IC »Erzherzog Johann« wieder im Tunnel verschwand.

Nach den robusten Emaillewannen auf Flur und Feld braucht man also nicht lang zu suchen. Eine schlagfeste Wanne aus titanveredeltem Stahl gibt vielleicht das Gefühl von Beständigkeit, doch nur, so lange sie nützlich ist und nicht wieder in Rohstoff verwandelt wird. Steinwannen hingegen bleiben der Nachwelt noch lange erhalten. Auf dem Dach einer römischen Villa, dort, wo ich es nie vermutet hätte, entdeckte ich eine Marmor-Badewanne mit den Insignien S.P.Q.R.

In Ostia Antica spürt man unter den Schirmpinien den Meereswind. Man betrachtet das Ruinenfeld und ist überrascht. Wovon? Dass so viele Wannen im Gelände stehen? Lässt eine solche Ansammlung auf den Luxus seiner Benützer schließen? Im Zeitalter der Whirlpool-Systeme wirken diese Funde wie aus der Altsteinzeit. Womöglich waren es überhaupt keine Badewannen, sondern nur die schmucklosen Sarkophage eines antiken Bestattungsunternehmens.

---

* Dass die weißen »Emailleungetümer« auf den Wiesen und Feldern für Stadtbewohner zum »irritierenden Fremdkörper« werden, habe ich Jahre später in der soziologischen Studie »Prädikat: häßlich« von Anton Holzer gelesen. Er fragt, was es bedeutet, wenn die Badewanne, das »Symbol der Körperpflege«, als Viehtränke auf der Weide landet. Dieser Inbegriff von Intimität und Sauberkeit auf der Wiese löst eine Irritation aus. Badewannen tauchen erst zu dem Zeitpunkt in der Landschaft auf, als die »kleinbürgerliche Ökonomie« auf dem Lande sich grundlegend änderte.

Subversiver Gebrauch

Fasziniert von den Produkten der Sanitärindustrie besuchte ich eine österreichische Badewannenfabrik. Frage an den Leiter der Marketingabteilung: »Sind Ihnen Badewannen in der Landschaft schon einmal aufgefallen?«
»Ja, ja«, sagte der junge Mann »die alten Emaillewannen stehen mittlerweile auch auf den Viehweiden. Aber bis jetzt hat bei uns noch nie jemand eine Acrylwanne als Kuhtränke bestellt.«

Naturwannen

Auf einer Web-Seite lese ich von der Heilkraft der warmen Taminaquelle. Kurgäste wurden schon vor Jahrhunderten von den Mönchen an Seilen in die Schlucht hinuntergelassen, um in den wannenförmigen Felsvertiefungen zu baden, während sich die Risikofreudigen in den Granitwannen eines Gebirgsbaches abkühlten.

In Sils überquere ich die Straße, weil ich das alte Barometer im Wetterhaus anschauen möchte. Der dicke Mann im Sakko, der mit seiner Großstadtblässe an mir vorbeigeht, spricht Berlinerisch. Seine Stoffhosen flattern im Maloja-Wind. Er geht etwas atemlos durch den hochgelegenen Ort und sagt laut in sein Handy, dass er keine Luft bekäme. Vor dem Postamt zwängt er sich in ein Taxi und bleibt ergeben neben dem Fahrer sitzen. Ich vermute, es ist sein erster Urlaubstag. Zugleich kommen Gäste in erdfarbenen Hemden von ihrer Tagestour zurück. Für kurze Zeit scheinen ihre Wanderstöcke auf dem Gehsteig zum Stillstand gekommen, aber vermutlich werden sie bereits am nächsten Tag im Morgengrauen wieder über das Pflaster geschwungen. Ein älteres Ehepaar hastet auf einer Holzbrücke etwas vorgebeugt an mir vorbei. Durch ihren Gleichschritt spüre ich eine leichte Erschütterung. Wie die meisten Menschen hier gehen sie flott. Sie beherrschen die Kunst, mit den schweren Bergschuhen im Rhythmus zu gehen, den sie

mit ihren Stöcken schlagen. Ich höre Autolärm. Da ist der schwarze Jaguar, der vor dem Wetterhaus wendet. Und auf meinem Weg zur Hütte – was blendet mich dort in der Wiese? Es sind die Siloballen in ihrer grell-weißen Plastikhaut. Als ich den Bauern vor seinem Gehöft frage, ob ihn diese Verpackung nicht störe, sagt er: »Manchmal schneit es auch schon im Oktober. Da hat das Plastik wieder seine Richtigkeit.«
Das Wort Aufstieg ist frühmorgens in der Pension gefallen. Damit war ein Bergansteigen, ein Hochsteigen auf Spuren, die zum Gipfel führen, gemeint, ein Gipfel, der von mehreren Seiten bestiegen werden kann. Ein Endlosband bunt Gekleideter bewegt sich unterhalb des Eisfalls, dort, wo das Schmelzwasser talabwärts fließt.
Die Fahrgäste nehmen im »Heidi-Express«, abgeschirmt vom grellen Sonnenlicht, das Tagesmenü ein. Man kann nicht sagen, ob sie den Rundblick aus der Panoramakapsel genießen. Ein Ehepaar ist kurz in den Schlaf gesunken, als wolle es die Gebirgsflanken nicht mehr sehen, während sich draußen das Bergmassiv ausbreitet und ein gigantischer Film abläuft, in dem die Gletscher in Zeitlupe vorüberziehen. Auf jedem Viadukt, mit jeder Kehre wechselt das Panorama, vergeht angenehm die Zeit. Noch nie hat es soviel Spaß gemacht, die Alpen zu überqueren. »Wir überwinden die letzte große Steigung vor der Passhöhe«, hört man durch den Lautsprecher. Warum bleibt der Zug jetzt mitten auf der Strecke stehen? Da sind sie ja, die Naturwannen! Sie zeigen sich von einer neuen, markanten Seite. Die Italienerinnen taumeln mit ihren Digitalkameras aufgeregt gegen die riesige

wischfeste Scheibe und würden sie am liebsten direkt in die raue Bergluft schwenken. Die Bernina-Gruppe hat sich jetzt vor ihre Objektive geschoben, bald wird sich ein Bergsee zeigen, ein Wasserfall, ein Tunnel, eine Bahnstation, ein entgegenkommender »Heidi-Express« und ein mit Holz beladener Güterzug, alles, was sich draußen vermischt und vorbeigleitet, scheint willkommen. Wie von selbst nähert sich die Endstation Tirano. Spätestens in einer Stunde will man dort auf der Piazza einen Cappuccino trinken.

Südlich von Pontresina, nur wenige Schritte von der Gletscherzunge entfernt, liege ich auf Granit, in einer von der Sonne durchwärmten Felsmulde. Kein Vogellaut, doch andauerndes Wasserrauschen, Stein und Eis. Mit den Fingern berühre ich die Schraffuren im Fels, die haarfeinen Risse auf der flachen Oberfläche, wobei ich mir vorstelle, wie sich die Eismasse über den Felskörper gewälzt haben musste, bis er gerundet und poliert war. Mit Bergschuhen an den Füßen liege ich in der Fließrichtung des Gletschers, in der stromlinienförmig geschliffenen Granitwanne, in diesem Jahrmillionen alten Bett und fühle mich tonnenschwer

Die Steinwannen haben mich die Zeit vergessen lassen. Granitzeit, Dioritzeit, Schürfzeit, Schliffzeit, die Zeit, die ein Gletscher braucht, seinen Untergrund zu schleifen, die Zeit, die ein Gebirgsfluss braucht, die Gesteinsbrocken zu zerkleinern, die Zeit, in der die Alpenseen zugeschüttet sein werden, die Zeit, die stillsteht in meiner Erinnerung.

Badetag

Meine Mutter badete mich in einer Regentonne, die im Garten stand. Sie tauchte mich ins Wasser und drehte mich auf den Rücken. Dann hob sie mich über den wulstigen Rand und ließ mich gut gelaunt von der Sonne trocknen. Es war noch immer Krieg.

Kinderbadewanne

(80 cm lang, 45 cm breit, 27 cm hoch)

Meine Erinnerungen sind in dieser Wanne aufgehoben: Zink auf Steinfliesen. In den Winternächten der Nachkriegszeit stand die Wanne in der Küche neben dem Eisenofen, den meine Mutter an den Badetagen heizte. Der Ofen spuckt, sagte sie, wenn das Ofenrohr glühte. Ich sah das Feuer hinter den Zuglöchern und hörte den Wind im Kamin. Es roch nach Kohle und Seife. Das Wannenblech umgab meinen Körper, ich lag unter dem Ofenrohr, vor mir die Küchentüre und die Eisblumen am Vorzimmerfenster.

Ein neues Badezimmer verdrängte die Wanne auf den Dachboden. Dort stand sie über Jahre mit Büchern gefüllt, die ich für unauffindbar gehalten hatte. Heute ist die Wanne leer, der obere Rand rissig, das Bodenblech fleckig und gewellt. Ich schaue auf die Dellen an der Außenseite und taste nach den frühen Tagen. Die Kratzer, die fühlbar werden, gehören der Vergangenheit an – diese feinen Kritzeleien.

Das archimedische Prinzip

Auf dem Donauschiff »Mariandl«, das unter dem Dröhnen der Dieselmotoren die Anlegestelle Krems zurücklässt, findet unser erstes Maturatreffen nach dreißig Jahren statt. Ich habe Mühe, im voll besetzten Bord-Restaurant den für unsere Zusammenkunft reservierten Tisch zu finden. Über die Menschen nachsinnend, die auf dem Sonnendeck die Fahrt zu genießen scheinen, gehe ich auf dem vibrierenden Holzboden ins Restaurant. »Hier sind wir!«, ruft meine ehemalige Sitznachbarin. Elena? Ja, Elena. Neben ihr sitzt ein korpulenter Herr, von dem ich annehme, er sei ebenfalls ein ehemaliger Schulkollege, bis Elena ihn fragt, ob er seine Tablette schon genommen habe, und er offenbar versucht, diese Frage zu überhören. Am anderen Ende des Tisches, die nervöse Frau in der Seidenbluse, wasserstoffblond wie damals, ist das nicht Lilli? Lilli, die Klassenbeste, die Zielstrebige, die immer gut vorbereitet war? Während sie den Freundinnen von ihrer Scheidung erzählt, werden mir ihre Gesichtszüge, die mir anfangs vollkommen fremd schienen, wieder vertraut. Sie arbeite in einer Bank, sagt sie und räumt ein, dass erst vor kurzem eine Jüngere ihre Vorgesetzte geworden sei. Neben Lilli sitzt Franz oder heißt er Fritz? Als er mir zunickt, glaube ich, es ist Franz, ich rufe dann Franz und Fritz gibt mir bereitwillig zu verstehen, dass er sich angesprochen fühlt.

Die Fahrt stromaufwärts hat etwas Besänftigendes und während ich leicht benommen vom Marillenbrand noch immer damit beschäftigt bin, die Gesichter zu enträtseln und mich an Namen zu erinnern, bemerke ich das Klassenfoto auf dem weißen Tischtuch. Wie jung wir damals alle waren – und der ältere Mann inmitten der Gleichaltrigen? Archimedes? Ja, Professor Binder. Ich erkenne ihn sofort wieder. Er war Dozent für Physik an der Universität Wien und darüber hinaus – bis zu jenem spektakulären Auftritt unser Physiklehrer im Gymnasium.

»Habt ihr was von Professor Binder gehört?«

»Man munkelt so allerlei über den Tod seiner Frau«, höre ich Fritz mit Nachdruck sagen, dann stockt er, als habe er ein Tabu verletzt, und während er die Palatschinken verschlingt und den Wachauer Riesling schlürft, scheint ihm entfallen zu sein, was er hatte erzählen wollen. Von einem Verbrechen, das sich nicht nachweisen lässt? Der Binder doch nicht. Es fällt mir schwer, an dieses Gerücht zu glauben.

In meiner Erinnerung an jene denkwürdige Physikstunde, die von einer Schülergeneration zur nächsten weiter erzählt wurde und die Professor Binder den Namen Archimedes eingebracht hatte, saß ich in der zweiten Reihe unseres Klassenzimmers. Es war gegen Ende des Schuljahres an einem dieser wolkenlosen Badetage, als Professor Binder das Lehrbuch aus der Ledertasche holte und in seinem weißen Arbeitsmantel, unter dem sich immer nachlässige Kleidung verbarg, den Unterricht begann. Wenn er seine wissenschaftliche Publikationen erwähnte und das Ergebnis privater Forschungen mit den Worten: »Ich langweile Sie jetzt«, hervorhob, widersprach ihm niemand. Die Tafel war erbarmungslos mit Formeln und Ableitungen voll geschrieben.

»Heißt das hydrostatischer Auftrieb?«, fragte mich Elena, als sei sie entschlossen, sich am Unterricht zu beteiligen.

»Hört hier niemand zu?«, rief Binder, irritiert über die Teilnahmslosigkeit seiner Schüler und mit dem Schwamm in der Hand sich zur Klasse drehend, sagte er schließlich: »Glückliche Zeiten, als man die Physik noch in seiner Badewanne betreiben konnte.« Ich erinnere mich, dass ich das Wort Badewanne als eine Offenbarung empfand und ganz neugierig war, von dieser Physik zu hören. Binder gab einem der Schüler die Anweisung, die Blechwanne, die neben dem Waschbecken stand, mit Wasser zu füllen. Nach einer lang erscheinenden Pause sagte er:

»Archimedes stürzte nackt aus seiner Wanne auf die Hauptstraße von Syrakus und schrie: ›Heureka!‹« Das sonst so verdrossene Gesicht des Professors nahm, noch während er diesen Satz aussprach, einen völlig neuen Ausdruck an, etwas Strahlendes lag darin, als fühle er zum ersten Mal für unsere Klasse Hoffnung aufkommen. Kurz darauf zog er sich in das angrenzende Kabinett zurück. Und dann herrschte eine Stille, wie ich sie in der Schule nie gekannt hatte, denn alle Blicke waren ausschließlich auf Professor Binder gerichtet. Er war in einer Badehose, deren Nähte sich in die Haut eindrückten, aus dem Kabinett zurückgekehrt und setzte sich mit lässiger Unbefangenheit in die bis zum Rand gefüllte Wanne, aus der das Wasser sogleich überschwappte. Doch niemand johlte oder brach in Gelächter aus und, während Professor Binder zeigte, wie sein Körper das Wasser verdrängte, musterten wir seine gebräunten Schultern. Der Professor stieg bravourös aus der Wanne, und die Klasse honorierte das Experiment mit lautem Beifall. Jetzt genoss Binder ein unerwartetes Ansehen. Ein Schüler in der ersten Bank – er ist heute ein berühmter Jazzpianist – reichte ihm das Badetuch, während zwei andere sich erbötig machten, mit dem Schwamm die Nässe vom Fußboden zu entfernen.

Eine solche Inszenierung würde vielleicht heutzutage weniger Aufsehen erregen, und diese Stunde wäre nicht mehr in meiner Erinnerung, hätte ich nicht damals etwas von der Physik begriffen. Der Direktor, zu dem Gerüchte von dieser Szene schnell vorgedrungen waren, konnte einen solchen Unterricht nicht akzeptieren. Als Binder dann in den folgenden Wochen durch einen Kollegen vertreten wurde, sagten die Lehrer, Binder sei auf Urlaub. Aber niemand wusste genau, was wirklich passiert war. Erst Jahre später erzählte mir der Schulwart von Binders Entlassung. Nach seinen Aussagen ist nach dem Skandal im Lehrerzimmer eine Postkarte eingetroffen, die Binder am Bug einer Segeljacht zeigte. Liebe Kolleginnen und Kollegen, die Küste Griechenlands ist der ideale Ort für einige grundsätzliche Überlegungen, soll auf der Rückseite der Karte zu lesen gewesen sein.

Von meinem Fensterplatz aus, sehe ich, wie sich unser Schiff den Bojen der Kaimauer nähert. Ein Schlepper mit ungarischer Flagge taucht auf und gewinnt schnell an Fahrt. Zwischen den Weingläsern liegt unsere Matura-Zeitschrift aufgeschlagen. Jetzt werden Fotos präsentiert, die ich ohnedies schon gesehen habe; jeder erzählt etwas aus seinem Leben, ich höre von Enttäuschungen, Hochzeiten, Wellness und Fitnessprogrammen. Elena trinkt einen Likör und wischt sich dann einen Schokoladenfleck von der Bluse, während die Unterhaltung am Tischende sich vorübergehend in Gelächter auflöst. Und als mir Lilli ihre E-Mail-Adresse über den Tisch reicht, frage ich noch einmal nach Binder. Sie legt die mit Lippenstiftrot gefärbte Serviette beiseite und sagt, sie habe Binder einmal in einer Weinhandlung getroffen. Dort habe er ihr erzählt, dass er jahrelang seine schwer kranke Frau gepflegt hat, bis sie kurz vor jenem Tag der verrückten Physikstunde gestorben sei. Heute verbringe er die meiste Zeit auf einer Hochseejacht. Erstaunen in den Gesichtern. Lillis Aussage überrascht schließlich auch mich. Und während ich über den Lebenskünstler Binder nachdenke und mir vorstelle, dass er das Ende seiner Lehrerlaufbahn schon immer herbeigesehnt haben musste, steigen jetzt Radfahrer zu, und an der Bar beginnt ein Akkordeonspieler mit seiner Gesangsstimme die Unterhaltung zu übertönen.

An der Reling sehe ich zu, wie die Weinhänge an mir vorbeiziehen, wie sich im Abendlicht der Farbton der Donau verändert, silbrig wird. Ich mag diese träge Langsamkeit des Stromaufwärtsfahrens.

In meiner Badewanne bin ich Kapitän

Das Meer in der Bucht war spiegelglatt. Ich hatte an diesem Nachmittag keine Mühe, einen freien Sonnenschirm zu finden. Der kleine Junge, der einige Schritte von mir entfernt, in einer Plastikbadewanne saß, spielte mit seinem Boot. Er lenkte es an seinem Knie vorbei und zog es von dort wieder zu sich. Dann ließ er es im Salzwasser kentern, schaufelte Sand in die Wanne und baute einen künstlichen Kanal.
Der Sommerfrieden schien mir gefährdet, als das herannahende Kreuzfahrtschiff »Aida« Vorbote einer Störung wurde. Von der anderen Seite der Bucht ließ ein Mann den Motor seines Bootes aufheulen. Er stand mit nacktem Oberkörper am Steuer und durchpflügte das Meer. Die Bucht war sein Jagdgebiet. Dabei schien er die ausgehöhlten Kalkfelsen zu attackieren und manövrierte das Boot, das umzukippen drohte, so wild herum, als ob er es versenken wolle. Die Wellen ließen die Luftmatratzen schaukeln. So wurden die Badenden, die aufgeregt aus dem Wasser stiegen, zu Augenzeugen einer nur knapp vermiedenen Kollision. Wütend beobachteten sie, wie das Boot den Weg der »Aida« gefährlich schnitt, wie die Touristen an der Reling erschrocken auf die Selbstinszenierung eines Verrückten schauten, die Bordmusik aber unberührt weiterspielte. Da schien der Meeresgott dem Mann unter die Arme zu greifen. Auf schnellem Weg, einer Sandbank entlang, kam er unbehelligt davon.

Duchamps Lachanfall

Das Leben von Marcel Duchamp endete in seinem Badezimmer. Er starb nach einem Lachanfall, den eine Passage in seinem Lieblingsbuch ausgelöst haben soll. Was für eine Geschichte hatte den Künstler zum Lachen gebracht? War es ein Wortspiel, etwa »der Zufall in der Dose«? Oder eine der Satiren, die ihn wegen ihres scharfsinnigen Humors reizten?

Im Lauf des Vormittags suchte D. eine Buchhandlung am Boulevard Saint-Germain auf. Er kaufte die Werkausgabe III von Alphonse Allais. Am Abend wollte er daraus vorlesen. Auf dem Heimweg entschloss er sich, nachdem in der Brasserie alle Tische belegt waren, in ein Café in der Nähe seines Ateliers zu gehen. Er setzte sich auf einen frei gewordenen Platz, rauchte eine Zigarre und beobachtete durchs Fenster, wie eine Passantin auf der Straße einen Hund spazieren führte. Diese Frau musste in seiner Wohngegend leben, denn sie war ihm schon öfters beim Mittagessen aufgefallen. Sie hatte die Körperhaltung und den Schritt einer Tänzerin, und je näher sie dem reflektierenden Fensterglas kam, desto durchsichtiger schien ihm ihre Kleidung zu werden. D. war fasziniert, wie sie, scheinbar seine Blicke spürend, auf ihre Bewegungen achtete und die vorbeieilenden Menschen ignorierte. Während der Kellner den Tisch deckte, stand sie im Sonnenlicht vor der Scheibe des

Kaffeehauses und blickte auf etwas, das nur sie sehen konnte. Als der Hund an der Leine zerrte, wich sie einen Schritt zurück und ging weg. D. bestellte ein Glas Wermut, holte das gekaufte Buch aus der Verpackung und überflog gut gelaunt die amourösen Geschichten des Captain Cap. Auf keinen Fall wollte er jetzt von jemandem gestört werden. Ein Mann, der sich hinter der Tortenvitrine aufgehalten hatte, war an seinen Tisch getreten und blickte durch eine randlose Brille auf das aufgeschlagene Buch. Offenbar gehörte er zu jenen Schwätzern, die D. einmal als »Pariser Krokodile« bezeichnet hatte.

»Monsieur Duchamp, mein Name ist … Ich habe Sie zuletzt im amerikanischen Fernsehen gesehen … Ihr Interview, sehr beeindruckend! Ich hätte gerne gewusst, ob das Urinoir mit dem Titel ›Fountain‹ zunächst abgelehnt wurde?«

D. mit leiser Stimme: »Es wurde einfach übergangen.«

»Aber dann kam es ja doch zum Skandal.«

D. zögerte: »In dieser Hinsicht war die Ausstellung ein Erfolg.«

»Verzeihung, Monsieur, ich bewundere Sie seit Jahren – aber warum sind Sie nicht Mitglied der Akademie geworden?«

D. lehnte sich zurück und sagte nur: »Ich habe mich nie darum bemüht. Au revoir Monsieur.«

Für den Abend hatte er zwei Ehepaare in seinem Atelier zum Nachtmahl eingeladen. D. begrüßte die jüngeren Freunde mit solcher Lebhaftigkeit, dass die ungewöhnliche Blässe in seinem Gesicht niemanden beunruhigte. Nachdem er die Gäste ins Wohnzimmer geführt hatte, wurden die Fotos, die in der letzten Zeit entstanden waren, herumgereicht. Eines davon zeigte ihn mit einer Geburtstagstorte auf seinem Schoß. Er nickte anerkennend. Während er eine Flasche Wein aus dem Schrank holte, lachte er über die Wörter »anthumous« und »posthumous« und über seine Neigung, die Buchstaben zu vertauschen, sodass die Anwesenden den Eindruck hatten, er wäre an diesem Abend – inspiriert vom Geist seines Lieblingsautors – in einer besonders guten Verfassung. Nach dem Dessert rauchte er eine Havanna, nippte an seinem Glas und ließ keinen Zweifel darüber aufkommen, dass er auch sonst seine Zeit angenehm verbringt.

»Es ist alles wunderbar«, sagte er, die Augen auf Teeny gerichtet. Er kehrte zu seinem Lehnsessel zurück, der neben dem Spieltisch stand, und blickte auf die Schachfiguren, die er Stunden zuvor auf dem Brett bewegt hatte. Eine der Damen, Juliette, löffelte die heiße Schokolade, ließ sich einen Likör einschenken und fragte D., ob er die Übersetzung seiner Notizen ins Englische noch betreue:

»Ja, aber ich bin jetzt immer öfter müde.«

Teeny servierte den Mocca. D. überraschte seine Gäste mit einem neuen Ausstellungsstück. Er nahm den silbernen Abguss eines Badewannen-Pfropfens vom Regal und lehnte sich wieder in den Sessel zurück. Obwohl er die Augen jetzt geschlossen hatte, wirkte er seltsam angestrengt. Es war nach Mitternacht, als die Freunde sich verabschiedeten. D. beharrte darauf, sie bis zum

Aufzug zu begleiten und stand dann noch lange, wie man sich später erinnern wird, auf dem Treppenabsatz ohne den Blick von ihnen zu wenden.
Als kurz darauf das Telefon im Vorzimmer klingelte, war es Juliette, die sich für den Abend bedankte. Teeny hatte die Haarspangen gelöst und war in den Bademantel geschlüpft. Sie saß auf dem Sofa, öffnete eine Flasche Mineralwasser.
»Der Abend ist netter geworden, als ich gedacht habe«, sagte D., »die Unterhaltung … angenehm. Was wollte Robert wissen?«
»Warum wir nicht nach New York zurückgekehrt sind.«
»Noch vor zehn Jahren«, setzte D. scherzhaft fort, »hätte ich eine Münze in die Luft geworfen und gesagt: Kopf, ich fahre heute Abend nach New York, Zahl, ich bleibe in Paris.«
»Das hat dein Freund so an dir gemocht.«
Darauf gab D. keine Antwort. Vor dem Schlafengehen wollte er noch in dem Buch lesen, das er am Vormittag gekauft hatte. Er öffnete das Fenster, blickte in den Nachthimmel und ließ sich dann in den Lehnsessel fallen, um im Lichtkegel der Stehlampe zu seiner Lieblingslektüre zurückzukehren. Die Geschichten von Alphonse Allais hatten ihn wieder so heiter gestimmt, dass er Teeny daraus vorlas und dabei selbst mit einer wirkungsvollen Handbewegung die Worte in ihrer Bedeutung verdrehte. Teeny hörte dankbar zu, während D. sich an den Wortspielen amüsierte.
Kurz vor ein Uhr früh ging D. ins Badezimmer. Teeny

wollte ihm noch sagen, dass er sich nicht zu beeilen brauche. Sie hatte inzwischen den Aschenbecher geleert und das Wasserglas weggeräumt. Sie streifte ihre Strümpfe von den Füßen und stand eine Weile vor dem geöffneten Fenster. Dann setzte sie sich wieder aufs Sofa und lehnte sich ins Kissen zurück. Als sie noch eine Weile in einem Katalog blätterte und ihren Blick über die Fotos gleiten ließ, konnte sie nicht ahnen, dass inzwischen im Badezimmer die Zeit ihres Mannes ablief. Langsam nur kam es ihr zu Bewusstsein, als brauche er viel länger als sonst. Sie erschrak, als sie ihn lachen hörte. Es war ein Lachen, das fremd klang und lange andauerte, dann aber plötzlich abbrach. Sie rief nach ihm, sie horchte, sie lehnte das Ohr an die Tür. Es war ungewohnt ruhig.

Unter der Dachschräge stand die Gusseisenwanne mit abgerundeten Klauenfüßen. Der Spiegel über dem Waschtisch wurde von zwei Wandlampen beleuchtet. D. betastete sein Gesicht, das heute anders aussah. Um den Farbton seiner Lippen besser zu erkennen, machte er einen Schritt ins Licht der Lampe. Er beugte sich vor. Die Lippen hatten sich dermaßen verfärbt, dass er erschrocken den Mund öffnete und eine Grimasse schnitt. Dann löste er den Blick von seinem müden Gesicht, drehte den Kopf zur Seite und wollte sich nicht mehr im Spiegel sehen. Eigentlich gäbe es da nichts zu lachen, dennoch brach D. vor dem Waschbecken in ein Gelächter aus, als wäre es eine Stelle aus dem Buch, an der man sich zu Tode lacht.

Die Tür zum Badezimmer war angelehnt. Als Teeny sie öffnete, sah sie D. auf den Fliesen liegen. »Marcel«, rief sie. Sie nahm seinen Kopf in die Hände und sah die Verfärbung der Lippen. Das Badetuch war vom Sessel zu Boden gefallen, es lag unter dem Regal. Wasser floss in die Badewanne. Sie hörte das Fließen. Wie die Zeit verfließt. Sie setzte sich zu ihm und drückte ihn an sich. Sie versuchte, sein Gesicht deutlich zu sehen, und als sie bemerkte, dass er den gleichen zufriedenen Ausdruck hatte wie Stunden zuvor, begann sie zu weinen. Sie wusste, dass die Welt um sie herum fremd werden würde, sobald sie das Badezimmer verlässt.

Postskriptum
Hier, im Badezimmer, in der rue Parmentier, am 2. Oktober 1968, kurz vor ein Uhr, endet das Leben von Rose Sélavy – deren Wesen auf so vollendete Weise D. entspricht. Hier hat sie einen Teil ihres Lebens gelebt, hier lockt immer noch ein anderes Ich mit seinem Talent, sich selbst zu widersprechen. D., ich meine sein weibliches Alter Ego, Rose Sélavy, hat sich für Lippenrosa entschieden, das er nach dem antiseptischen Bad mit anmutiger Geste vor dem Spiegel aufgetragen hat, auch wenn das natürlich vergeblich ist, denn seine Gesichtszüge sind eindeutig maskulin. Jetzt hätte er sich gerne die Pelzstola um die Schultern gelegt, um das Gesicht weich zu umhüllen und das Kinn zu verdecken. Sie betrachtet sich wieder im Spiegel und glaubt plötzlich ein Klopfen an der Badezimmertür zu hören. Er steht im Türwinkel und fühlt sich von diesem Klopfen irritiert und belästigt.

Er braucht aber keine Angst mehr zu haben, denn von jetzt an verläuft alles in eine endgültige Richtung.

Leb wohl, Rose Sélavy! So wird diese Nacht verstreichen und der folgende Morgen, an den du dich nicht mehr erinnern wirst. Was wolltest du sagen? Vielleicht ist ja alles nur eine Irritation, eine »physische Feinheit«, eine Posse oder eine Pose mit Hut, den du nicht lüften und schwenken willst, obwohl du heute noch deinen Auftritt vor dem Spiegel hast. Nach deinem Lachanfall hast du dich betäubt gefühlt, denn die Worte haben aufgehört zu spielen. Das Gesagte war ja schon verklungen, das Rigaud-Parfum verbraucht und das ungleichmäßige Licht über dem Waschbecken wird bald verloschen sein. Die Vergänglichkeit setzt sich eben durch, sie bemächtigt sich der blassen Rose, besonders in der Nacht, Rose Sélavy.

Das letzte Bad des Jean Paul Marat

»Sein Tod war noch wichtiger als sein Leben.« (Danton)

In der Conciergerie, die während der Französischen Revolution als Gefängnis diente, hängt das Portrait von Charlotte Corday. Es ist die Kopie eines Ölbildes, das Hauer, ein Schüler Davids, wenige Stunden vor ihrer Hinrichtung gemalt hat. Man blickt in das Gesicht einer jungen Frau, der das Leben noch einiges hätte bieten können, eine Frau mit einem Selbstbewusstsein und einer Unbefangenheit, die sogar die Zuschauer im Gerichtsaal tief beeindruckte. Aber es sind die Augen, die empfindsamen, dunklen Augen, die überraschen, die ruhig und gefasst schauen, obwohl das Urteil schon gesprochen war.

Fakten des Attentats: Jean Paul Marat, radikaler Führer der Jakobiner und Herausgeber der Zeitung *l'Ami du peuple* wird am 13. Juli 1793, im zweiten Jahr der Republik, von der 25-jährigen Adligen Charlotte Corday in seiner Badewanne getötet. Zur Tatzeit sind in einem Raum neben dem Vorzimmer vier Personen mit dem Falten von Zeitungen beschäftigt. Der Drucker und Hauptzeuge Laurent Bas hat zu Protokoll gegeben, dass Charlotte Corday am Samstag, dem 13. Juli, um halb acht Uhr abends aus einer gemieteten Kutsche stieg und Marat zu sprechen verlangte. Sie verwies darauf, dass sie an diesem Tag schon zum dritten Mal komme, sowie auf einen Brief, den sie ihm am Morgen geschrieben habe. Nach einem Wortwechsel mit Simonne Evrard ließ Marat sie zu sich ins Badezimmer kommen, wo er in der Wanne sitzend, las und schrieb. Minuten später hörte man seinen Hilferuf.

Marat verbringt die letzten Tage seines Lebens immer wieder in der Badewanne. Er muss den schrecklichen Juckreiz lindern, der ihn seit Monaten quält. Als gelernter Mediziner weiß er, dass Zitrone im Badewasser die Entzündungen mildert. Der Oberkörper zeigt Kratzspuren und Blutflecken. Auf den Schenkeln kleben Pflaster. Ein selbst verordneter Heiltrank bringt ihm keine Linderung. Bis zur Brust im Wasser mit Essigwickel auf der Stirn sitzt er über das Schreibbrett gebeugt. Auf diesem Brett schreibt er die Artikel für sein Journal. Zum Wohl des Volkes ist auch Todbringendes darunter. Er schont sich nicht, trinkt viel schwarzen Kaffee.

Ich heiße Simonne. Ich bin die Hüterin seiner Wanne. Niemand kann mir das streitig machen. Ich selbst bade nie. Ich tauche nur den Kopf ins Wasser und lasse das Haar dann in der Sommerluft trocknen. Das Baden ist nichts ohne Seife, sage ich mir, aber Brot und Seife sind ja unerschwinglich. Gerade habe ich das Zimmer betreten und sehe nach, ob das Wasser in der Wanne kalt geworden ist und nicht wieder warmes Wasser nachgeschüttet werden muss. Ich achte darauf, dass die Kannen immer mit frischem Wasser gefüllt sind. Ich wasche die Tücher und hänge die nasse Wäsche über die Schnüre, ich hebe die Korrekturbögen, die er auf den Boden geworfen hat, wieder auf, ich bringe Ordnung in das Badezimmer. Mittags und abends räume ich das Tintenfass vom Schreibbrett, damit die Schonkost darauf abgestellt werden kann. Dann stehe ich solange bei ihm, bis er seine Mahlzeit hinuntergewürgt hat. Wer sonst sollte das alles tun? Überall in der Wohnung liegen die Zeitungen ausgebreitet, auf den Tischen und Stühlen und auf den Teppichen. Ich bin heute früh schon auf dem Parkett gesessen und habe mehr als hundert davon gefaltet.

Sein Juckreiz bringt mich zur Verzweiflung. Es ist noch nicht so lange her, da musste er sich in den Kellern verstecken. Jetzt plagen ihn diese Entzündungen. Jeden Tag wechsle ich beinahe stündlich die Stirnbinde und den Verband, aber helfen kann auch ich ihm nicht. Manchmal bleibe ich neben ihm stehen und sehe zu, wie er sich abmüht. Ich sage mir dann, wenn ich es nur will und zwar mit aller Kraft, dann wird es ihm besser gehen, er wird wieder zum Leben erwachen. Auf Dauer ist das eben alles aufreibend, die feuchte Luft in diesem heißen Zimmer, wenn er schwitzend mit wund gekratzten Armen und Beinen in der Wanne sitzt und schreibt oder die Korrekturen überprüft. Ich will nicht, dass er so viel arbeitet, aber ich kann doch nicht die ganze Zeit auf ihn einreden. Er muss gegen mein Gerede schon ganz abgestumpft sein, denn er stellt sich jedes Mal taub. Von seinen Kopfschmerzen ist er ohnehin betäubt. Ich weiß nicht, wie viel Zeit mir bleibt, hat er zu mir gesagt.

Seither mache ich mir über diesen Satz Gedanken. Ich überlege mir alles Mögliche, und wenn er stundenlang nicht mit mir spricht, bleibt mir nichts anderes übrig, als auf eine Geste oder ein Lebenszeichen von ihm zu warten. Oft liege ich in der Nacht, wenn es still geworden ist, wach im Bett und lausche. Er ist am Leben, sage ich mir dann, nur durch das Plätschern seiner Hand im Badewasser weiß ich, dass er am Leben ist.
Unlängst habe ich ihn durch die offene Schlafzimmertür auf die Franzosen schimpfen gehört. Hier sitze ich in der Wanne, hat er plötzlich geschrien, aber im Konvent bin ich ein Monster. Ich habe dieses Wort noch im Ohr und würde gerne wissen, ob er wirklich das Monster ohne Herz ist. Aber er spricht nicht mit mir darüber. Ich soll es nicht wissen. So ist es. Ich begreife ihn manchmal nicht. Als wir uns kennenlernten, gab es nichts, was wir einander nicht anvertraut hätten. Er war auf der Flucht. Ich versteckte ihn auf dem Dachboden, und er versprach mir die Ehe. Als wir aber auf dem Fußboden knieten und einander die Treue gelobten, glaubte ich zu verstehen, was für ein Mensch Marat ist.
Er lässt sich vor allem gerne von mir betreuen. Gestern hat er mir gestanden: So wie ich jetzt dasitze, bin ich für jede Linderung dankbar. Aber das endlose Sitzen in der Wanne ist vergeblich. Es hat die Beschwerden nicht gebessert. Simonne, hat er gerufen, Simonne, es ist nicht zum Aushalten! Rücke die Wanne in die Mitte des Zimmers. Ich kann den Anblick meiner Haut, meines Ausschlages und der Tapete nicht mehr ertragen. Zunächst haben wir gehofft, dass es sich um ein vorübergehendes

Gebrechen handelt, nun sind wir froh, wenn sich sein Zustand nicht verschlechtert. Marat wird nun Monate, wenn nicht sogar bis zu seinem Lebensende, täglich viele Stunden in der Badewanne verbringen müssen. Trotzdem, das weiß ich, ist er mehr mit den Leiden des Volkes als mit seiner Krankheit befasst. So, jetzt raus aus der Wanne, habe ich zu ihm gesagt, du solltest wenigstens das Badehemd wechseln! Ich habe ihn dann unter den Achseln gepackt, aber er hat das Schreibbrett nicht losgelassen. Beinahe hätte ich das Gleichgewicht verloren, und während ich mich mit einem Fuß gegen die Wand abstützte, versuchte ich noch einmal, ihn aus der Wanne zu heben. Lieber krepier ich hier, hat er geschrien und sich an die Wanne geklammert. Er wollte, dass ich das Zimmer sofort verlasse. Du beleidigst mich, habe ich ihm geantwortet, aber du brauchst mich ja doch. Er hat sich dann zurückgelehnt und die Augen geschlossen.
Sobald diese Hände seinen Kopf unvorsichtig berühren, weicht er zurück. Er fühlt sich wehrlos wie ein Kind. Wenn es aber um sein Leben geht, sage ich mir, werden meine Hände ihn beschützen. Jetzt ist er über seinem Schreibbrett eingeschlafen. Mittags lässt seine Konzentration nach, die Erschöpfung kommt dann immer erst später. Als ich vorhin den Wasserkübel ins Zimmer stellte, hat er mich mit angstvollen Augen angeschaut. Und sobald ich die Wohnung verlasse, ist er von Unruhe gepeinigt. Woher das kommt, frage ich mich. Heute Vormittag war eine junge Frau an der Tür. Sie kam mir nicht bekannt vor. Diese aufdringliche, verwegene Person wollte unbedingt zu ihm. Hören Sie, habe ich

gesagt, Marat ist krank. Hätte ich nicht die Türe vor ihr zugeschlagen, wäre sie schon die Treppe hinauf.

Ich habe mich wieder blutig gekratzt. Simonne, mein Engel, du musst mich verbinden und die Stirnbinde wechseln. Das muss für heute reichen. Der Wächter der Revolution fühlt sich schwach. Was will die Revolution von mir? Ich trinke, esse und arbeite für sie. Dass ausgerechnet ich mein Leben in dieser Wanne, ich meine, in solcher Abgeschiedenheit verbringen muss, ist im Grunde lächerlich. Und was ist aus dieser Revolution geworden? Bis jetzt war ja alles nur ein elendes Theater, in dem die Guillotine und die Verurteilungen notwendig waren, die Revolution in Gang zu halten. Doch der Terror hilft anscheinend nichts. Jetzt werden die reich gewordenen Bürger immer reicher, sie spekulieren an den Börsen und geben Feste. Diese Pharisäer sieht man in der italienischen Komödie, man sieht sie in der Oper, im Varieté, in den Ballettschulen und natürlich auch in den Casinos. Was wollte ich schreiben? Haftbefehl für alle, die noch seidene Westen tragen! Aber je mehr Skandale enthüllt werden, desto mehr bin ich der Gefangene meiner Zeitung. Die Leser fragen mich, warum ich mich nicht für die zahlreichen Pariser Spielhäuser interessiere. Und dabei habe ich sechs Wochen lang dreihundert Spielhöllen ausfindig gemacht. Es gibt sie wohl nicht mehr. Ich konnte mich vergewissern, dass trotz der Razzien die Spielfreude unerschöpflich ist. Eine Legion von Spielern, deren Namen ich noch nicht kenne, starrt Nacht für Nacht mit gierigen Augen auf die

Roulettetische. Manche dieser Casinobetreiber bezahlen sogar Schutzgelder an die Nationalgardisten. Bald bin ich darauf gekommen, dass in den geheimen Salons, die sich um das Palais-Égalité zentrieren, immer noch bedenkenlos das aristokratische Pharao gespielt wird. Einige dieser Dummköpfe benützen sogar parfümierte Taschentücher, die nach dem Duftwasser der Königin riechen. Nur, wer mit dem Elend vertraut ist, weiß, was diese Ungeheuerlichkeiten bedeuten. Für Spieler und Kurtisanen gibt es eben keine Revolution.
Ich habe der Revolution Schlaf und Gesundheit geopfert und mich vom Konvent in meine Behausung zurückgezogen. Ich friste mein Leben jetzt nur noch in dem sogenannten Badezimmer. Es ist ein Kabinett mit Tapete und Ziegelfußboden und einem Fenster zum Hof. Der Raum ist klein wie eine Arrestzelle und doch scheint es, als hätte sich die ganze Revolution in diesem Kabinett zusammengezogen. All die Seiten, die ich im Laufe des letzten Monats beschrieben habe, stapeln sich hier. Bei Tag herrscht Dämmerung, denn durch die grünen Scheiben des Hoffensters dringt nur wenig Licht ins Zimmer. Wenn ich von meinem Schreibbrett aufblicke, sehe ich die Landkarte von Frankreich, die vor mir an der Wand hängt und in meinem Kopf tobt eine Zahl. Sie wächst bei jeder Gelegenheit, so oft ich sie wiederhole. 260.000 Aristokratenköpfe müssen zur Rettung der Nation in den Korb der Guillotine fallen. Meine Feder kratzt die Todesurteile aufs Papier. Ich schreibe aber auch die Manifeste zum Wohl des vierten Standes, der Besitzlosen, deren Wortführer ich bin. Ich beantworte Briefe

und leite Bittgesuche weiter. Jeden Tag setze ich mich für die Belange der Armen ein: Man darf den Reichen nicht soviel lassen, dass sie sich den Hintern bedecken können, man muss sie plündern und die Besitzlosen zu Besitzern ihrer Habe machen. Ihr braucht nur meine Zeitung zu lesen. Woche für Woche decke ich auf, wer euch betrügt, wer das Wohl des Staates gefährdet. Ich reiße euch aus dem Schlaf, ich öffne euch die Augen. Ich habe es mir zur Aufgabe gemacht, Alarm zu schlagen. Ich kann aber die Zeitung nicht mehr finanzieren. Woher das Geld nehmen? Ich verschenke meine Publikationen. Ohne Simonne wäre es unmöglich.

Simonne, sag mir, was ist das für ein Leben? Am Schluss wird mein Leben in dieser Wanne geblieben sein. Für einige gesunde Tage, das weiß Simonne, würde ich allen Reichtum der Erde hinschmeißen. Unlängst haben die Pariser Zeitungen von der Verschlechterung meines Zustandes berichtet. Besorgte Freunde haben versucht, mir etwas zu sagen, was ich selber besser weiß: Ich solle mich schonen, mich nicht zugrunde richten … Ich musste mir das alles anhören. Das Elend meiner Mitbürger lässt mich aber nicht zur Ruhe kommen. Die Revolution fordert mich pausenlos heraus: Ich verlange den Kopf des Generals Ligonnier, ich verlange gedungene Meuchelmörder für die im Ausland lebenden Bourbonen, ich verlange für die Armee schwarze Listen mit den Namen aller Verdächtigen und ich verlange, die verhafteten Girondisten sofort und ohne Prozess hinzurichten.

Und während ich in meiner Wanne sitze, lauern schon alle auf ihre Chance. Im Konvent flüstert man einander zu: Marat ist nun endgültig wahnsinnig geworden. Für meine Feinde war ich ja schon immer ein Schurke, ein Hitzkopf, ein blutrünstiges Ungeheuer. Den Lesern will ich aber zeigen, dass die Liebe zur Gerechtigkeit mein Leben bestimmt. Doch die einzige Leidenschaft, die mich verzehrt – ich kann es nicht leugnen –, ist die Sucht nach Ruhm. Sie ist das Wichtigste in meinem Leben. Dafür habe ich Tag und Nacht gearbeitet. Den wissenschaftlichen Ruhm hat man mir verweigert. Meine physikalischen Versuche fanden bei den Gelehrten keine Anerkennung. Keines der Fachblätter hat auch nur meinen Namen genannt. Den Scharlatanen gelang es tatsächlich, meine Entdeckungen in ganz Europa herabzusetzen, sodass ich gezwungen war, einige meiner Arbeiten unter Pseudonym zu veröffentlichen. Die erlittenen Kränkungen bleiben mir im Gedächtnis. Ich habe mir schließlich einen Namen gemacht, ich weiß, dass ich jetzt weit über Paris hinaus berühmt und berüchtigt bin.

Marat, rette uns! dröhnt es am nächsten Tag durch seinen Kopf. Eine Meute aufgebrachter Menschen ruft nach ihm, er hört die kreischenden Stimmen in der engen Gasse. Manchmal klingt es wie das Gejohle von Betrunkenen. Zu den Ausgestoßenen fühlt er sich hingezogen, zu den Plünderern und zu den Hungernden, die ihn noch vor kurzem auf den Schultern in den Konventsaal schleppten: Marat, Marat, hoch Marat!
Er schreibt an der nächsten Nummer seiner Zeitung, es ist die Nummer 242 des *Publiciste*, als er aus dem Vor-

raum einen Wortwechsel hört und dann die Stimme von Simonne, die durch alle Zimmer hallt und schriller ist als die Stimmen, die er an diesem Tag zu hören bekommen hat. Gleich darauf stürzt sie ins Zimmer und stellt sich schützend vor die Wanne. »Draußen steht jemand«, sagt sie, »eine junge Frau. Sie will dich unbedingt sprechen. Sie hat da nichts zu suchen.«

Am Morgen des folgenden Tages hatte der Maler David versucht, die schreckhaft verdrehten Augen des toten Marat zu schließen und das bereits verfärbte Gesicht zu schminken, um den Aufgebahrten für das Volk zur Schau zu stellen. Er musste beim Malen mit dem Toten gesprochen haben, denn der Tote war sein Freund gewesen. Jetzt war die Wanne, in der Marat sich der Schreibwut hingegeben hatte, sein Totenbett geworden. Marat, der Jäger der Aristokraten, konnte in seiner Wanne bald besichtigt werden.

Am Nachmittag des 16. Juli 1793 setzte sich der Trauerzug in Bewegung. Der Kondukt führte durch die Gassen der Innenstadt und die Begräbnisfeier dauerte bis Mitternacht. Was soll man von solch einer pompösen und grotesken Prozession halten? Den Rahmen der Inszenierung bildeten weiß gekleidete Mädchen, die den Toten mit der zur Schau gestellten Wunde im Sarkophag flankierten, während etliche Weihrauchfässer den deutlich wahrnehmbaren Verwesungsgeruch vertrieben. Abgeordnete schleppten die Badewanne, in der das Entsetzliche geschehen war, sie zeigten das Schreibbrett und das Messer. Innerhalb von Minuten schlossen sich Tausende ihrem Märtyrer an. Niemand konnte dieses Spektakel verfehlen, denn es wurden patriotische Hymnen gesungen und Kanonenschüsse abgefeuert. Wo immer der Trauerzug halt machte, gelobten die Redner mit erhobenen Armen blutige Rache. Stunden später wurde die verwaiste Wanne mit dem Schreibbrett im Garten der Cordeliers-Kirche abgestellt und Marat bei Fackelschein begraben. Erde und Ruhm bedeckten ihn jetzt vollkommen.

»Missglückt mein Unternehmen, Franzosen, so habe ich euch den Weg gezeigt.« Das schreibt die aus altem Landadel stammende Corday am Vorabend ihres Attentats. Sie sitzt in ihrem Hotelzimmer, empfängt keine Besuche, meidet jede Ablenkung. Sie muss ihr Land retten. Und wenn es um ihr Land geht, ist sie bereit, Marat zu töten, den sie für den Bürgerkrieg verantwortlich macht.
Am Morgen verlässt sie das Hotel, um in der Galerie de Valois die Tatwaffe zu besorgen. Jetzt ist die Zeit da für das Treffen mit Marat. Eigentlich wollte sie ihn im Konvent oder auf dem Marsfelde töten, »im hellen Licht der Sonne und vor aller Augen«. Dass er krank ist, hatte sie erst in Paris erfahren. Sie muss ihn also in seiner Wohnung aufsuchen. An diesem heißen Julitag erreicht sie erst um die Mittagszeit das alte Haus in der Rue de l'École de Médicine. Am Treppenaufgang wird sie von Simonne mit der Bemerkung abgewiesen, dass Marat niemanden empfangen könne. Die Tür wird zugeschlagen und Corday bleibt nichts anderes übrig, als wieder

in ihr Hotel zurückzukehren. Ein Aufschub für Marat – er wird noch acht Stunden länger leben.
Aber auch der zweite Versuch misslingt, denn Simonne weist Corday schon an der Haustüre ab. Am Abend versucht sie es noch einmal. Diesmal hat sie Glück und als junge, attraktive Frau ist sie gut getarnt. Noch achtet niemand auf sie. Eine Pförtnerin öffnet die Tür. Wie gelingt es ihr aber dann, bis zum Eingang der Wohnung vorzudringen? Es muss das erregte Gespräch zwischen ihr und Simonne sein, das Marat aufhorchen lässt und die entscheidende Wendung bringt. Durch die angelehnte Tür zwischen Vor- und Badezimmer kann er jedes Wort verstehen. So hört er Corday fragen, ob nicht ihr Brief längst eingetroffen sei. Marat hat den Brief schon in der Hand und befiehlt Simonne, die Fremde in die Wohnung zu lassen. Jetzt erst öffnet Simonne unwillig die Tür, und Corday zögert keinen Augenblick, der Aufforderung aus dem Badezimmer nachzukommen.
Obwohl Marat gegenüber Fremden immer argwöhnisch gewesen ist, passiert ihm der Fehler seines Lebens: Er erkennt seine Todfeindin nicht. Im Gegenteil, er vertraut Corday, er wünscht ihre Anwesenheit. Bald darauf lädt er sie sogar ein, sich an die Seite seiner Badewanne zu setzen. Begierig fragt er nach den Namen der geflüchteten Girondisten und versichert ihr, dass sie allesamt schon in der Warteschleife der Guillotine stünden. Nun ist ihm nicht mehr zu helfen. Als sich Marat jetzt von ihr wegdreht, wird sie ihn ohne Vorwarnung angreifen. Rettung ist keine möglich. Er verblutet in kürzester Zeit.

Der Staatsfeind

Die Straße menschenleer. Eine ramponierte Klingel an der Eingangstüre. Das Gesicht, wie in der Zeitung abgebildet: graues, nach hinten gekämmtes Haar, Oberlippenbart. »Die Stufen sind vereist«, sagt Steinbeck. Für das Interview hat er mich ins Badezimmer eingeladen. Sechs Quadratmeter groß. Wohn-und Arbeitszelle zugleich, der einzige beheizte Raum im Fachwerkhaus. Das Fenster hinter dem Waschbecken ist zugefroren. Steinbeck sitzt in einem alten Bürosessel, mit der einen Hand im Zigarettenqualm gestikulierend, die andere steckt in einem schwarzen Wollhandschuh. Der Computer neben der Badewanne – das ist die Schaltzentrale. Um Heizkosten zu sparen, zog er sich ins Bad zurück. Er ist arbeitslos, leidet aber nicht unter dem Gefühl von Sinnlosigkeit und Resignation, sondern protestiert gegen das Hartz-IV-Gesetz. Und schon mit meinen ersten Fragen entwickelt sich aus unserem Dialog ein langes Selbstgespräch:

Mein Name ist Staatsfeind. Ich habe gehungert. Gehungert und gekämpft und den Leuten das gesagt, was sie nicht hören wollen. Das war ich mir schuldig, das musste sein. Auf einmal wollten alle wissen, was aus mir geworden ist. Wird Steinbeck unser Märtyrer? Das viele Hungern – jedenfalls hat man das behauptet – macht ihm jetzt so einen Spaß, dass er da gar nicht mehr raus will,

er will weiter hungern, weiter trotzen, er hat immer noch nicht genug davon. So lange kann das ohnehin keiner aushalten, manch einer schafft das keine drei Tage, er aber würde ja ab und zu mal einen Rotwein trinken oder einen Cappuccino, einmal hat er sogar Bier getrunken. Ja und? Tatsächlich hatte ich nichts gegessen, nicht das Geringste.
Steinbeck, so hieß es, habe schon bedenklich abgenommen. Die Oberärztin vom Gesundheitsamt hat mich hier im Badezimmer untersucht. Wenn man so viele Wochen aufs Essen verzichtet und am Schluss überlebt, dann ist das kein Scherz, keine Privatsache mehr. Die Leute da draußen sagten: »Wir sehen ihn nicht, der muss ja schon lange verreckt sein«, die konnten nicht glauben und nicht verstehen, dass ich nicht zu Tode kam. Weit gefehlt, ich fühlte mich weder geschwächt noch lahm gelegt, mir ging es hervorragend. Erst, als ich meine letzte Karte ausgespielt und gedroht hatte, nichts mehr zu trinken, wurden die Folgen für mich riskant. Seitdem bin ich glaubhaft. Mit einem Mal interessierten sich die Medien für mich. Ich gab Interviews, die Fernsehteams sind hier ein- und ausgegangen, von überall her sind Leute gekommen, hier hat sich was abgespielt. Ich habe mein Badezimmer, in das sonst außer mir niemand Zutritt hat, für öffentlich erklärt. Warum nicht? Sat 1 war dreimal hier, das ganze Team mit Kameras und Leuchten, von früh bis spät. Was sie dann gesendet haben, war eigentlich belanglos. Er verlässt das Badezimmer kaum, hieß es. Schlafen würde er aber nicht dort, sondern im Wohnzimmer. Ich kann dort liegen, weil mir meine Mutter

einmal eine Heizdecke geschenkt hat. Die Fenster haben Eis angesetzt, die Pflanzen in den Töpfen, zwischen denen ich schlafe, sind erfroren. Ich verheize alte Möbel im Kachelofen, klaue nasses Holz aus den umliegenden Wäldern, damit ich es zeitweise ein bisschen warm habe. Aber die Wärme geht aus den Fenstern raus, aus den Türen, aus den Wänden. Wie könnte ich zugeben, dass ich mich in meinem Badezimmer wohl fühle? Die Behörden würden sagen: Dort kann er ja bleiben, dort hat er es warm, also soll er in seinem Badezimmer leben. Wenn man so oft getreten worden ist wie ich, dann wehrt man sich. Ich kann es nicht verantworten, für nur einen einzigen Euro pro Stunde zu arbeiten. In meinem Forderungskatalog habe ich deutlich gemacht, dass es mir um Prinzipien geht, und wenn ich die jetzt aufgebe, dann ist es vorbei. Wer heute für einen Euro arbeitet, darf sich nicht wundern, wenn ihm morgen noch mehr zugemutet wird. Wir haben das Gesetz zu vollziehen und lassen uns nicht erpressen, sagen die Beamten. Laut Vereinbarung darf ich nicht einmal mehr das Haus verlassen. Ich muss neben meinem Telefon sitzen und auf einen Anruf der Behörde warten, und ich warte schon seit Jahren. Und jetzt werde ich sanktioniert, bestraft, weil ich einen Ein-Euro-Job abgelehnt habe. Ich kann sagen, dass ich für mein Vergehen einen hohen Preis bezahle. Die Behörden drohen mit Zwangsversteigerung, machen mich fertig, machen mich platt. Das kann ich mir nicht gefallen lassen. In das Haus bin ich hineingewachsen, ich habe es für meine Familie gekauft, jetzt bin ich pleite. Ich erinnere mich, wie ich hier den ganzen Tag geschuftet, wie ich mich abgemüht habe mit dem Dach. Ich musste das schadhafte Zeug entfernen, den Schornstein abtragen, Fenster, Treppe und Kamin einbauen, die Böden renovieren. Das habe ich alles allein gemacht, ich bin ein guter Handwerker, bin auf Montage gefahren, habe ein Leben lang gearbeitet und bekomme trotzdem keinen Job. Ich habe Referenzen, ich kann nachweisen, dass man mit mir zufrieden war, dass ich kein fauler, arbeitsloser Sack bin, der sich durchschmarotzt auf Kosten der Gesellschaft. Ich gehöre doch nicht in die Tonne, auf die Müllkippe oder in irgendeine Schublade mit 345 Euro im Monat. Und jetzt soll ich für einen Euro pro Stunde arbeiten? Schmeißt mich doch raus aus eurer mickrigen Liste. Ich kenne das Geriss ums Kleingeld. Ich habe nichts davon. Ich werde auch nichts davon haben. Meine Hand wird schlecht durchblutet, ich spüre die Kälte. Die Journalisten glauben, dass ich den Handschuh nur wegen der Presse anziehe. Als ob ich das vorsätzlich machte. Der Mann mit dem *Fehdehandschuh*, der *Kreuzritter*, der *Ritter in seiner eisernen Festung*, wenn ich das schon höre. Ich habe mein Bad niemals als Festung bezeichnet, auch nicht als Gefechtsstand oder als Barrikade. Das sind nicht meine Formulierungen. Da werden mir ungefragt Eigenschaften suggeriert, die mir fremd sind. Ich habe eine völlig andere Motivation. Ja, mein jetziges Leben ist ein einziger Protest, ich protestiere nicht nur gegen das moderne Sklaventum, sondern auch gegen das, was man über mich sagt. Schauen Sie sich um in diesem Badezimmer, ich habe nichts zu verbergen. Die Frau auf dem Foto? Das ist Eva. Ich habe sie vor einem Jahr

über die Single-Börse kennengelernt. Sie reist gerne, sie möchte halt jemanden, der sie begleitet, aber ich sage ihr immer dasselbe, ich sage ihr, mit mir ist das nicht möglich, ich mache den Hungerstreik, außerdem bin ich pleite, ich habe kein Geld, ich spare, wo ich kann, und wenn ich nicht streike, esse ich aus Dosen und trinke Pulverkaffee, den Schnellen, den Cappuccino. Das heißt nicht, dass ich ihr nicht gerne etwas schenken würde. Der Hungerstreik ist für sie natürlich eine Zumutung, eine reine Zumutung. Ich sage, Eva, es tut mir leid, das ist mein Job, meine Aufgabe, die macht niemand anderer. Also muss ich da durch, egal was kommt. Ich habe keine Angst, das ist mein Vorteil, ich zeige den Menschen, wie man sich unbeliebt macht. Mach dich erst einmal unbeliebt, dann wirst du ernst genommen – mach dich zum Staatsfeind.
Im Internet habe ich inzwischen viele Anhänger, Personen, die ich nie zuvor in meinem Leben gesehen habe, Leute, auf die es mir ankommt. Ich erhalte Mails aus ganz Deutschland. Ich kann gar nicht alles lesen. Vor kurzem hat mir einer geschrieben: »Wie schön, dass du auch verbale Fertigkeiten hast, aber jetzt geh und räum dein Zimmer auf!« Man mag mich oder man mag mich nicht. Für manche Leute bin ich eben nur ein Anstifter, ein Querulant, ein Spinner, ein Idiot. Einer, der sich mit den Behörden anlegt und das Gesetz umstoßen will, sagen die Nachbarn. Wenn er das Haus nicht gekauft hätte, würde es ihm besser gehen. Das hier ist wie ein Spießroutenlauf. Die wenigen Mutigen kommen auf mich zu und sagen: »He, wie geht es?« Die meisten schauen verlegen

aus einer gewissen Distanz oder sie eilen an mir vorbei. Was da geschieht, betrifft sie nicht. Permanent jammern die Deutschen, aber offenbar sind sie unfähig, etwas zu ändern. Um auf die Straße zu gehen und den Politikern Fragen zu stellen, fehlt ihnen der Arsch in der Hose. Hierzulande hat ein Kind noch weniger als ein Papagei oder ein Kanarienvogel. Dem Vogel geht es da besser als dem Arbeitslosen, der arbeiten will und keine Arbeit findet. Wer nicht arbeitet, soll gefälligst auch nichts essen? Herr Minister, Deutschland ist ein so reiches Land, und da fällt Ihnen nichts Besseres ein, als die Gelder nach oben zu verteilen und den Leuten ins Gesicht zu sagen: »Nur wer arbeitet, soll essen?« Können Sie eine solche Aussage verantworten, Herr Minister? Staatsfeind, ja das bin ich, weil ich die Wahrheit aufdecke. Meine Wahrheit sagt mir, es wird immer unerträglicher in diesem Land. Wir sind die Werkzeuge und die Vasallen der reichen Männer hinter der Szene, wir sind die Hampelmänner – und wir tanzen. Denn nur ein reicher Mann kann seine Mitmenschen dermaßen zu Boden drücken, dass ihnen keine Luft mehr zum Atmen bleibt. Man muss unten gewesen sein, um das zu verstehen, und es dann mit den treffenden Worten sagen. Ich habe mich selbst gewundert, wie ich, ein vom Hungerstreik Geförderter, ich meine, Geforderter, bei meiner öffentlichen Rede solch einen Sprengstoff entzünden konnte. Wenn es mir gelingt, da dran zu bleiben, wenn ich erreiche, dass diese Ein-Euro-Jobs verschwinden, wenn ich das ausdenke, dann habe ich etwas bewegt, dann ist das kein Schwindel, keine weltfremde, lächerliche Geschichte.

Und wie es aussieht, entwickelt es sich so, wie ich es haben möchte.

Ich bin ein anspruchsloser Mensch. In meinem Badezimmer fühle ich mich wie im Inneren von Yellow Submarine. Alles, was hier fehlt, ist ein Kühlschrank und ein E-Herd. Die Badewanne habe ich im Internet ersteigert und selbst eingebaut, das Fenster eingesetzt, die Wände begradigt und mit Holz verkleidet. Dieser Tisch dort ist ein Wickeltisch. Schaumgummi mit Stoff bezogen. Alles selbst gemacht. Hier strampelten die Kinder in ihren Windelhosen. Meine Frau ließ mich dann in meinem Haus alleine sitzen und verschleißt jetzt einen anderen. Die Kinder wollten mich nicht mehr sehen. Sie hielten mich für einen schlechten Vater. Das Urteil meiner Kinder traf mich härter als das des Jugendgerichtes. Am Ende hatte ich dicht gemacht, wollte mich zurückziehen und über mich nachdenken. Ich war in eine Eiszeit geraten. Das aber liegt hinter mir. Ich habe damit nichts mehr zu tun. Jeden Abend telefoniere ich mit meiner Freundin. Wir unterhalten uns über Skype. Ab und zu haben wir eine Störung. Dass der Staat mithört, ist für mich keine Frage.

In Westfalen wohnte ich mit meinen Eltern. Und nachdem ich hierher gezogen war, machte ich mich selbständig. Da ich kein Auto mehr habe, nicht einmal mehr einen schrottreifen Gebrauchtwagen, muss ich meine Nachbarn ersuchen, dass sie mir aus der nächsten Ortschaft Kaffee mitbringen, der dort billiger ist. Dass die Grenze zur DDR irgendwann einmal geöffnet wird, war mir immer klar, nur der Zeitpunkt kam damals überraschend. Am 9. November, glauben Sie mir, da war hier der Teufel los. Die Grenzer standen an der Grenze und wussten nicht, was sie machen sollten, denn die Leute düsten mit ihren Trabis herüber, und die Beamten waren nur am Telefonieren, am Funken und hatten keine Order. Tausende überquerten die Grenze, schwärmten herüber, waren nun grenzenlos unterwegs, die alte Macht war gebrochen. Und heute können sich die Leute in dieser Mediengeschichte *Auch ich bin Deutschland* ja selbst betrachten: aufstehen, arbeiten, anschaffen, den Umsatz raffen und danach die Fernbedienung. Aber ich bin eine andere Art von Deutschland. Ich stehe früh auf, alleine schon aus dem Grund, weil ich hier niemanden sehen will. Ich gehe mit dem Hund hinaus, zwischen sechs und sieben, da ist hier nichts los, da hab ich meine Ruhe, ich gehe in den Wald, da kann ich nachdenken, und mein Hund kann sich frei bewegen. Er hält sich lieber im Kalten auf. Im Badezimmer fallen dann die Brekkies aus der Packung, ich setze mich wieder an den Rechner, beschäftige mich mit der Presse, mit den Behörden, mit allem, was anläuft und vor mir liegt. Da sagt man, ich bin ein faules Schwein? Ich lümmle ja nicht herum, sondern arbeite eifrig Tag und Nacht. Zumindest zeige ich, dass man nicht viel zum Leben braucht. Die Glühbirne, die im Wohnzimmer glimmt, hat nur sieben Watt, und die in der Küche ist schon zu Ende. Für mich wird der Müll nur alle vier Wochen abgeholt. Bei der Genügsamkeit, die mein Leben kennzeichnet, reicht das ja. Ich kann gut damit leben. Ich brauche keinen Trubel, keine Heiterkeit und auf diesen Zirkus hier würde ich

gerne verzichten, wenn ich einen Job bekommen könnte, der mich ausfüllt und mir das Überleben sichert. Mehr will ich doch nicht. Dass es keine Arbeitsplätze gibt, ist nicht mein Verschulden. Aus wirtschaftlicher Sicht gehöre ich zu den Verlierern. Mercedes hat immerhin etliche tausend Mitarbeiter in den Ruhestand geschickt, die bekommen alle eine dicke Pension und haben andere Sorgen. In dieser Gesellschaft werden die Gewinne an die Wohlhabenden verteilt, und die sozialen Missstände, die niemand zugeben will, gelangen nicht einmal ins Fernsehen. Das Hartz-IV-Gesetz hat zu allem Überfluss die rot-grüne Regierung in die Welt gesetzt.
Ja, so sieht es aus. Schauen Sie sich nur die Gesichter der Politiker an, wie verändert, wie entstellt sie sind nach kurzer Zeit. Aber ich lebe abseits der Zeit in meinem Badezimmer. Ich sehe am Rechner, wie spät es ist, denn eine Uhr besitze ich nicht. Auf Bahnsteigen und Plätzen stehen sie ohnehin überall, eine Ansammlung von Uhren in jeder Ortschaft, die einem zeigen, dass die Zeit vergeht. Ich habe jetzt Zeit im Überfluss. All die Entlassenen, die Gekündigten, die Abgespeisten, die jetzt ganz unten sind, die sich ausgestoßen fühlen, diskriminiert, überwacht, wie in einem offenen Strafvollzug, wie stumm und stumpf sie geworden sind und wie viel Zeit sie haben, um für etwas Schlange zu stehen. Es sind die Geprellten, denen das Arbeitslosengeld durch die Lappen ging, weil es abgeschafft wurde durch Hartz-IV. Ich habe diese Menschen aus ihrem Tiefschlaf geholt, aus ihren Schlupfwinkeln gelockt, hellhörig gemacht. Sie wissen, was um sie vorgeht, sie sind auf

meiner Seite, es sind die Leute, die ich brauche, die mich motivieren, Familien, die sich einschalten, weil sie immer mehr verarmen und vor die Hunde gehen. Die Resonanz, die ich erhalte, ist groß, aber noch immer nicht groß genug. Ob das dann ausreicht, ist die Frage. Ich nehme es den Politikern übel, dass sie das Leben der Menschen nicht mehr so wahrnehmen, wie es ist. Der Staat macht mich zum Feind. Aber ich bin nicht nur Staatsfeind, ich existiere auch als Mensch. Und man hat mich als Mensch zu respektieren. Wir leben in einer Demokratie? In einem Rechtsstaat habe ich das Recht, gehört zu werden. Das Hartz-IV-Gesetz ist noch immer nicht vom Tisch. Ich werde also in meinem Badezimmer wieder Kräfte sammeln für die nächste Hunger-Runde. Sehen Sie den Zeitungsausschnitt, der an der Badewanne klebt? Warum sollte ich mich vor diesen Typen fürchten? Sie haben mir vielleicht zwölf Semester Jus voraus, na und? Erpresse ich den Staat? Ich werde doch nicht einmal wahrgenommen. Außer meinem Badezimmer ist mir ja nichts geblieben. Die anderen Zimmer sind stillgelegt, denn der Kamin ist mit meinem Budget nicht heizbar. Dabei reicht der Waldesrand bis vor mein Haus. Wohin mit all dem Holz, das der Wintersturm splittert? Das kann man sich holen, aber dazu braucht man einen Holzschein vom Förster, einen Führerschein für die Motorsäge, Schuhe für den Waldboden, dazu gehörende Kleidung, Handschuhe, Schutzbrillen und vieles mehr, das ist bis ins kleinste Detail geregelt, kaputt geregelt und die Mühe nicht wert. Andere treten Türen ein und demolieren Autos. Doch ich werde meinen Job antreten

und meinen Hungerstreik erneut beginnen. Bis auf den Wasserkocher in meiner Küche werde ich nichts mehr benützen. Erst, wenn alles vorbei ist, wird Eva wieder kommen. Sie wird dann den Kühlschrank einschalten und die leeren Regale mit Vorräten füllen. Aber jetzt würde sie nur versuchen, mich abzulenken, und es nicht zulassen, dass ich soviel riskiere. Der Revoluzzer, der Störenfried, der Staatsfeind, der Sand ins Getriebe bringt, muss unabhängig sein. Er will aufzeigen, was in diesem Land passiert und was hier nicht sein darf. Also, sage ich, egal, was kommt, die Entscheidung liegt bei mir. So lange ich das gesundheitlich schaffe, ist es gut. Wenn mir aber der Mut fehlt, wird jede Frage zum Problem. Das heißt, ich muss diesen Job annehmen. Und das wird hart werden, denn ich werde arbeiten und hungern. Das Mediengetue, der ganze Rummel, den ich nicht mag, wird also wieder beginnen. Ich will nicht ins Rampenlicht, aber wenn ich die Leute da draußen nicht mehr erreiche, wenn ich sie nicht mehr überzeugen kann, wenn diejenigen, die jetzt zu mir halten, abfallen, ich meine, wenn sie mich fallen lassen, dann ist die Sache gelaufen, dann bin ich fertig. Ich würde eine Unterstützung brauchen, einen Rückhalt, eine Lobby, die mir den Status, den ich jetzt habe, weiter ermöglicht.
Heute Morgen habe ich eine Kleinigkeit gegessen, ich sagte mir, du bist in deinem Badezimmer, du hast hier deine Ruhe, du kannst agieren, wie du willst, du artikulierst dich sogar anders, mit dir selbst bist du eine Einheit, eine Badezimmer-Einheit. Hier entwickle ich meine Gedanken, ich schreibe meine Reden, ich bin ja

kein Mann, der schweigt, der im Elend verkommt, kein Gedemütigter im Wolfsgeheul. Ich habe Kraft, viel Kraft, denn ich habe wirklich gehungert. Mein Badezimmer war voll mit Leuten. Aber jetzt lebe ich still. Ich habe keinen Zuspruch mehr. Die Leute verlieren das Interesse. Das ebbt ab. Das ist vorbei. Der Steinbeck hat jetzt einen Job. Der Mann, der Druck gemacht hat, geht wieder arbeiten, und es geht wieder abwärts, rapide abwärts. Es ist ruhig geworden, zu ruhig. Es tut sich nichts. Es tut sich überhaupt nichts. Nicht das Geringste. Ich werde also wieder hungern müssen. Es wird so sein. Sie sehen ja. Wie weit ich damit komme, weiß ich nicht, aber ich werde weiter kommen, und jeden Morgen sage ich mir, dass ich weiterkommen muss.

Beau-Rivage 317

An dem Tag, an dem ich in Genf eintraf, wurde wegen einer Bombendrohung der Hauptbahnhof evakuiert. Ein Terrorkommando hatte einen Anschlag geplant. Aber da befand ich mich bereits im Hotel Beau-Rivage, in dem seinerzeit Uwe Barschel tot aufgefunden worden war. Von der Hotelterrasse aus konnte ich den Raddampfer sehen, der das Wasser im Sonnenlicht zerstäubte. Ich versuchte mir vorzustellen, was sich hier am Ufer des Genfer Sees vor 20 Jahren ereignet hatte. Der bis dahin erfolgreiche Politiker verlor sein Leben inmitten einer Affäre, die sich zu einem der größten politischen Nachkriegsskandale ausweitete. Immer stärker und über das Land Schleswig Holstein hinaus, dessen Ministerpräsident er fünf Jahre war, wurde das Vertrauen in die Politik erschüttert. Barschels Tod bedeutete mehr als das Ende eines Lebens.

»Ja, das ist hier passiert«, gab der Chef an der Rezeption unverbindlich zu.

»Die Hintergründe sind bis heute nicht geklärt.«

Im Verlauf der Nachforschungen hat sich gezeigt, wie ungewöhnlich Barschels Situation im Hotel Beau-Rivage war. Jahre später versuche ich die Einzelheiten jenes verhängnisvollen Sonntages zu begreifen. Ich gehörte zu denen, die zunächst an Selbstmord glaubten. Heute bin ich davon überzeugt, dass es Mord war. Nie hätte er nach Genf kommen und nie in diesem Hotel übernachten dürfen, wo man ihn erwartet hatte.

Polizeibericht

Am 11.10.1987 verfassten die Genfer Beamten den Bericht über die ersten polizeilichen Ermittlungen am Tatort. Demnach wurde die Polizei »um 13.55 Uhr darüber informiert, dass im Hotel Beau-Rivage der Bewohner des Zimmers 317 tot (sans vie) aufgefunden worden war. (...) Die Tür war nicht aufgebrochen, der Schlüssel steckte von innen, die Vorhänge waren zugezogen, das Fenster war geschlossen, das Bett unbenutzt, der Kunde (le client) war bekleidet, sein Körper befand sich im Wasser der Badewanne.«

Presseberichte

Laut Eilmeldung der Nachrichtenagentur *Associated Press* ist Barschel nach Angaben der Polizei in Genf in einem Hotel tot aufgefunden worden.

Der *Daily Telegraph* wies darauf hin, Uwe Barschel könnte an Waffengeschäften mit dem Iran beteiligt gewesen sein.

Genf sei »Drehscheibe der Polit-Mafiosi, Flugzeugentführer und Killer«, hatte die Schweizer Illustrierte geschrieben. Genf, die Stadt, in der man auf internationaler Ebene über Friede und Abrüstung verhandelt, ist im geheimen auch die Stadt der Waffenhändler und der illegalen Geschäfte. In dieser Stadt wurde am 11. Oktober 1987 »unter außergewöhnlichen Umständen« die Leiche eines deutschen Politikers in der Badewanne

des Luxushotels Beau-Rivage gefunden. Der Fall erregte weltweite Aufmerksamkeit.
Die *Basler Zeitung*: Nach zuverlässigen Informationen haben die Justizbehörden »von gewichtiger deutscher Seite und über mehrere Kanäle den Wunsch übermittelt bekommen, dass es in aller Interesse wäre, diesen Fall als Selbstmord einstufen zu können.«

Traueranzeige
Wir trauern um Dr. Uwe Barschel, Ministerpräsident a. D. des Landes Schleswig-Holstein.
Sein plötzlicher und tragischer Tod hat uns erschüttert. Wir gedenken seiner herausragenden Leistung für das Land Schleswig-Holstein und seines engagierten Einsatzes in der CDU.
Seinem Leben gebührt dankbare Erinnerung, sein Tod ist Mahnung für uns alle.

Helmut Kohl
Vorsitzender
der Christlich
Demokratischen Union
Deutschlands

Gerhard Stoltenberg
Vorsitzender
der Christlich
Demokratischen Union
Schleswig-Holstein

Politische Demonstration
Die Loyalität, die man dem Lebenden nicht zugebilligt hat, wird dem Toten reichlich gewährt. Das muss die CDU ihren Wählern zeigen. So ordneten die CDU-Länder Trauerbeflaggung an. In den SPD-Ländern dagegen wehten die Flaggen nicht auf Halbmast.

Reden (Trauerton)

Dienstag, 27. Oktober 1987

Trauerfeier im Lübecker Dom

Der Bischof sprach von »der brennenden Scham über den inneren Zustand unseres Gemeinwesens«. Er warnte vor den Gefahren der Machtsucht für die Demokratie. Solange es als eine Katastrophe gelte, die politische Macht zu verlieren, könne nicht von gesunden Zuständen gesprochen werden. Die Sucht nach Macht scheine der Herd der Krankheit zu sein, der Uwe Barschel erlegen sei. Aber auch viele andere seien von dieser Sucht befallen.

Bundeskanzler Kohl (»tief betroffen«)

Barschel sei sehr jung »mit hoher politischer Verantwortung« beauftragt worden. Kohl würdigte, dass Barschel »seine ganze Leidenschaft (…) und seinen ganzen Einsatz« Schleswig Holstein gewidmet habe. Während der Bischof in seiner Predigt von einem »Morast von Affären und Machenschaften« sprach, sagte der Bundeskanzler: Barschel habe »dem Land in einer sehr besonderen Weise gedient«.

Das Ehrenwort

> »Ehre und Spiegel werden schon von kleinem Hauch getrübt.«
> (Spanisches Sprichwort)

Kurz nach der Wahl wollte Barschel in einer mehrstündigen Pressekonferenz seine Unschuld bezeugen und zu allen Vorwürfen Stellung nehmen. Die Frage drängt sich auf, wie ein vom Erfolg verwöhnter Politiker drei Wochen vor seinem Tod in solch eine bedrängte Lage geraten konnte. Barschels Drama begann pathetisch mit einem Ehrenwort.

Worte der Woche

»Ich gebe den Bürgerinnen und Bürgern des Landes Schleswig-Holstein und der gesamten deutschen Öffentlichkeit mein Ehrenwort, ich wiederhole: mein Ehrenwort, dass die gegen mich erhobenen Vorwürfe haltlos sind. (...) Ich bleibe in allen Punkten bei meinen Angaben. Sie entsprechen der Wahrheit.« (Uwe Barschel, Ministerpräsident)

»Der Höhepunkt war für mich, wie er da im Fernsehen auftrat und sein Ehrenwort gab, dass er die Wahrheit sage. Das war toll. Ich ahnte, der Ministerpräsident lügt. Aber wie er das spielte, das war beeindruckend.« (Wolfgang Koeppen, Schriftsteller)

Freitag, 18. September 1987
Schleswig-Holstein-Saal im Kieler Landeshaus
(ehemalige Marineakademie)

Es war Barschels Medientag. Vor der größten Ansammlung von Journalisten, die es in Kiel je gab, hatte Barschel fünf Tage nach der Wahl die deutsche Öffentlichkeit beschworen, ihm Glauben zu schenken, dass er von den Umtrieben seines früheren Pressemitarbeiters nicht »die geringste Kenntnis« gehabt und diese auch »nicht veranlasst« hatte. Barschel untermauerte seine Unschuldsbeteuerung mit eidesstattlichen Erklärungen.

Seine Ausdauer und seine Konzentrationsfähigkeit vor laufenden Fernsehkameras waren bewundernswert. Mehr konnte ein Mann kaum in die Waagschale werfen. Musste dieses Ehrenwort nicht alle Zweifler überzeugen?

Erleichterung und Jubel

Kaum jemand glaubte daran, dass ein Politiker seine »Ehre« aufs Spiel setzen würde. Dank seiner Position und seiner Selbstsicherheit konnte Barschel ein Millionen-Publikum bei der Ehrenwort-Konferenz von der vermeintlichen Richtigkeit seiner Aussagen so beeindrucken, dass ihn am nächsten Tag die CDU-Delegierten im Kieler Yachtklub mit stürmischem Beifall empfingen.

»Wie wohl mir der gestrige Tag getan hat«, sagte ein Delegierter »und wie zuversichtlich ich geworden bin«.

Worte der Woche

»Ein großartiger Mann« (Bundeskanzler Helmut Kohl über den Ministerpräsidenten Uwe Barschel)

»Barschel war, auch wenn wir das nicht gerne wahrhaben, einer von uns.« (Rolf Zundel, Journalist)

»Mein Mann war Jurist. Seine Ehrenwort-Erklärung war sicher so formuliert, dass sie der Wahrheit entsprach. Er wusste also genau, was er sagte. Alles, was er in die Hand nahm, war gut vorbereitet.« (Freya Barschel in einem Interview)

Die Lüge

»Die Lüge ist zur Weltordnung geworden.« (Franz Kafka)

Wird Barschel als der Regierungschef in die Geschichte eingehen, der in kurzer Zeit mehr für sein Land erreicht hatte als viele seiner Vorgänger, oder als der Ministerpräsident, der das unumstößliche Gesetz des Ehrenwortes verletzt hat? Wenn einer so heftig dementiert, so, als wäre ihm jedes Vergehen fremd, könnte an dem, was er dementiert, doch was Wahres dran sein. Barschels Selbstdarstellung zeigt mir, unter welch quälendem Druck er gestanden haben musste. Die Lüge gehörte vielleicht zu seinem dramaturgischen Repertoire, doch der kurzfristige publizistische Erfolg konnte das Blatt nicht wenden. Im Gegenteil: Das Ehrenwort, das ihn von allen Vorwürfen befreien sollte, hatte ungeahnte Folgen. Bereits Tage später sind erste Zweifel an seinen Darstellungen aufgetaucht. Unwahrheiten hatte aber auch sein Konkurrent, Björn Engholm, über Jahre hinweg verbreitet. Warum eigentlich nicht, könnte man fragen. Lüge und Täuschung sind uns als rechtmäßige Mittel für politische Ziele seit den Anfängen der Geschichte überliefert. »Wahrhaftigkeit«, schreibt Hannah Arendt, »zählte niemals zu den politischen Tugenden, und die Lüge galt immer als ein erlaubtes Mittel in der Politik.« Die Lüge scheint zwar zum Handwerk des Politikers zu gehören, sie ist aber nur solange wirksam, solange sie sich einer Überprüfung entzieht. Wird die Lüge des Politikers aufgedeckt, gilt sie als unverzeihlich.

12.9.1987

Watergate* in Kiel

Sechs Tage vor der Ehrenwort-Konferenz verdient eine außergewöhnliche Nachricht Beachtung. Der NDR 2 unterbricht am Nachmittag sein Musikprogramm. Dann folgt etwas Unerwartetes: Ein Nachrichtensprecher liest eine Extra-Meldung, die den Inhalt der Titelgeschichte der schon ausgelieferten *Spiegel*-Exemplare wiedergibt. Der Ministerpräsident persönlich habe die »anonyme Steueranzeige gegen den Oppositionsführer und dessen Bespitzelung durch Detektive« veranlasst, wie Barschels Medienreferent Reiner Pfeiffer an Eides statt versichere. Die Meldung kommt früh genug, um einen Tag vor der Wahl die Bürger zu erreichen, aber doch zu spät für den Regierungschef, der nur noch wenig Chance hat, auf den Angriff zu reagieren. Bundeskanzler Kohl spricht von einem »politischen Tollhaus« und für Barschel sind diese Vorwürfe »im Grunde so absurd«, dass ihm »die Worte fehlen«. In einer Pressekonferenz beschwört er die Anwesenden, seiner Argumentation zu folgen. »Ich werde doch wohl einen Mann, der gerade zehn Tage bei uns ist, nicht mit einem solchen Auftrag bedacht haben.« Barschel verschweigt, dass Pfeiffer neun Monate zuvor seinen Dienst als Medienreferent angetreten hat. Als sich die Journalisten-Runde auflöst, ist man

---

* Die Barschel-Affäre erinnert an die »dirty tricks«, deren sich die Mitglieder des Komitees für die Wiederwahl des US-Präsidenten Richard Nixon im Sommer 1972 bedienten. Das »Komplott von Kiel« enthält jene Merkmale, die zum Handwerkszeug der sogenannten Klempner gehörten, die in Nixons Auftrag die Demokraten schädigen sollten. Aber Barschel, könnte man sagen, war nicht Nixon und Schleswig-Holstein nicht Amerika.

eher geneigt, »Barschel Glauben zu schenken«. Aber in den nächsten Wochen kann keine Nachrichtensendung mehr auf Pfeiffers Enthüllungen verzichten. Nach seiner Motivation befragt, antwortet er den verblüfften Journalisten: »Gewissensgründe. Wollte mich nicht länger zum Handlanger einer Schmutzkampagne gegen den SPD-Spitzenkandidaten machen. Betrachte diese Enthüllung als notwendig für die nachweislich getäuschten Bürger dieses Landes.« Er, Pfeiffer, hätte die Aktionen zwar ausgeführt, dabei aber immer nur auf Anweisung des Ministerpräsidenten gehandelt.

Wer sagt die Wahrheit?

»Barschel oder Pfeiffer?« Das ist, wie das ARD-Fernsehen meldet, »die am häufigsten gestellte Frage der Republik«. Noch darf gerätselt werden: Noch fehlen schlüssige Beweise. »Hat die Republik einen neuen politischen Skandal?« Barschel hat sich den Propagandisten Pfeiffer als Wahlkampfberater vom Springer-Konzern geholt, mit dessen Hilfe er die Macht erhalten wollte. Er kann nicht leugnen, dass in seinem Lande Unerhörtes vorgefallen ist: »das Privatleben des Oppositionsführers Engholm wurde von Detektiven ausgeforscht, sein Steuergeheimnis durchbrochen.« Barschel bestreitet, mit diesen Aktionen das Geringste zu tun zu haben. »Erstunken und erlogen« nennt er die Behauptung Pfeiffers. »Sollte es zutreffen, dass Herr Engholm – wie auch immer – ›überwacht‹ worden ist, so verurteilt die CDU dies entschieden.«

Zwei Wochen nach dem Ehrenwort-Spektakel schien Pfeiffer glaubwürdiger als Barschel. Barschels Beteuerungen, er habe nichts von den Umtrieben Pfeiffers gewusst, sind zunehmend ins Wanken geraten. »Warum wurde dieser Journalist ausgerechnet für das Wahljahr verpflichtet?«, fragt man sich in der Wochenzeitung *Die Zeit*. War Pfeiffer »wirklich nur zum Ausschneiden von Zeitungsartikeln und Begutachten von Fernsehsendungen eingestellt worden?«

Wer war eigentlich dieser Wahlkampfhelfer?
»Ich fühle keinerlei Mitschuld an Barschels Tod (...)«, so Pfeiffer in einem portugiesischen Badeort. Er war in diesem Drama der Hauptakteur, der »Kronzeuge«, jener Mann, durch dessen Behauptungen die Affäre enthüllt wurde. Hätte Pfeiffer keine Informationen an die Presse weitergegeben, wäre der politische Skandal wahrscheinlich nicht ausgelöst worden. Pfeiffers Anschuldigungen hatten also Barschels Rücktritt und dessen Tod zur Folge. Dass sich die Wege der beiden Männer kreuzten, war für den einen ein vorübergehender Glücksfall, für den anderen eine Katastrophe. Die Leute, die den Journalisten Pfeiffer gekannt hatten, stimmten überein, dass er der »Mann ohne Hemmschwelle« war. Er wurde gerufen, wenn es um besonders heikle Aufträge ging.
Im August 1986 fragt Barschel persönlich im Springer-Verlag nach, ob es für die Dauer des kommenden Wahljahres einen geeigneten Journalisten gebe. Am 2. Dezember, an diesem denkwürdigen Tag, wird Pfeiffer auf Empfehlung des Verlages in die Kieler Staatskanzlei

als Wahlkampfhelfer geholt. Er soll helfen, das »Image des Ministerpräsidenten aufzubessern«. An der Tür zum Schleswig-Holstein-Saal sagt damals der Personalreferent zu Barschel: »Mit Pfeiffer haben wir den großen Glücksgriff getan.«

Das Gerücht

»Ein bös' Gerücht hat guten Wind,
fliegt wie ein Adler gar geschwind.«
(Sprichwort)

Erfolgreich eingesetzt, sind Gerüchte seit eh und je effektive Waffen, die einem Ansehen verleihen oder einen zugrunde richten können. Hat nicht der englische Philosoph Francis Bacon den Herrschern eindringlich geraten, Gerüchte sorgfältig zu beobachten, und deren Macht zu nutzen? Im Wahlkampf versuchte Barschel auf diese Weise die Glaubwürdigkeit seines Gegners zu unterminieren. Monate später kursieren über Barschel selbst die unglaublichsten Gerüchte.

Denunziation

Nach einem halben Jahr der Zusammenarbeit, die Pfeiffer anfangs »als optimal« bezeichnet, erfolgt der Wendepunkt in diesem Drama. Der Mann fürs Grobe sinkt in der Gunst seines Chefs. Er wird nicht mehr gebraucht. Gehilfe Pfeiffer, der auf Karriere hoffte und sich wie ein »Fußabtreter fühlt«, erweist sich nun als Barschels mächtiger Feind. Er vertraut sich der Gegenseite an. Für wen also, könnte man fragen, will Pfeiffer schließlich gearbeitet haben? War diese Arbeit im Interesse Barschels oder Engholms? »Der Klempner will auspacken«, heißt es. Für den Journalisten Pfeiffer ist diese Entscheidung die wichtigste in seinem Leben. Von diesem Tag an erfüllt sich sein Traum, dass er einmal ein »ganz großes Ding, eine Sache wie Watergate« bringen würde. Wo immer er auftaucht, ist er von Reportern umringt, die begierig auf seine Enthüllungen warten. In einem Zimmer der *Spiegel*-Redaktion erzählt er seine unglaubliche Geschichte. Barschel persönlich habe ihn beauftragt, Engholms Steuererklärungen überprüfen zu lassen; der Ministerpräsident habe ihm in seinem Amtszimmer den »Textentwurf für eine anonyme Anzeige« gegen den SPD-Spitzenkandidaten diktiert. Es besteht kein Zweifel: »So massiv wie Barschel ist nie zuvor ein bundesdeutscher Politiker von einem Mitarbeiter aus seiner engsten Umgebung belastet worden.« Was bis jetzt geheim gehalten wurde, wird als Skandal der Öffentlichkeit offenbart. Noch am selben Abend verbreitet sich die Nachricht unter den Kollegen aller Medien, dass der *Spiegel* eine »heiße Geschichte« herausbringen werde. Am nächsten Tag erfährt man jedes Detail der Wahlkampfränke: »Watergate in Kiel – Barschels schmutzige Tricks«, steht auf dem Titelblatt im *Spiegel,* und als Barschel tot in Genf aufgefunden wird, ist die neue Ausgabe bereits gedruckt: »Gefängnis für Dr. Uwe Barschel? – Das Ehrenwort«

Karriere und Fall

»Den muss man«, sagte noch kurz vor dem Rücktritt einer, der ihn kannte, »aus der Staatskanzlei tragen«.

Wer war dieser Barschel, der 1944 in einem Luftschutzkeller geboren wurde und nach dem Krieg als Halbwaise aufwuchs? Wer war Barschel hinter der Maske des Politikers? Wer war eigentlich dieser Mann mit dem ehrgeizigen Gesicht eines Oberschülers? »Seine Persönlichkeit«, schreibt der Kriminologe Mergen »scheint so rätselhaft wie sein Tod. Im Tode noch ist Uwe Barschel Politiker geblieben.« War Barschel ein Mann ohne Eigenschaften? Jemand, der Macht hatte, aber keine Identität? Als »Techniker der Macht« wurde Barschel beschrieben, als ein Berufspolitiker, der durchaus in den Zustand des »Nixon-Syndroms des Bedrängtseins und des unbedingten Willens zum Durchhalten« geraten hätte sein können. Barschels Leben, das lässt sich wenigstens sagen, war, solange, bis er den Journalisten Pfeiffer als Medienberater empfohlen bekam, ein kontinuierlicher Aufstieg. »Immer der schnellste«: mit 35 Minister, mit 38 gefeierter Regierungschef – damals der jüngste Politiker der Bundesrepublik und schon mit 43 gestürzt, dann tot aufgefunden.

Sucht nach Macht

> »Nur, wo Leben ist, da ist auch Wille: aber nicht Wille zum Leben, sondern Wille zur Macht.« (Friedrich Nietzsche)

Der Weg zur Macht führt über eine Treppe in die Staatskanzlei. Der Machtverlust erscheint als schweres Unglück, und so wird der Wahlkampf als Feldzug geführt, der den Gegner vernichten soll.

»Wenn es um den Machterhalt geht, ist es auch beim Bundeskanzler mit der Menschlichkeit vorbei.« (Werner Filmer, Kohl-Biograph)
»Da hatte einer Angst, die Macht zu verlieren, die ihm Lebensinhalt und existentielle Legitimation geworden war; sie zu wahren, war ihm fast jedes Mittel recht.« (Theo Sommer, *Die Zeit*)
Unzählige Berichte bezeugen, dass Macht zu erobern und zu bewahren eine Art von Lust ist, die zur unersättlichen Gier werden kann. Vielleicht ist es die Unfähigkeit zu lieben, dass Menschen dazu getrieben werden, Trost in der Macht zu suchen.

Beau-Rivage (schönes Ufer)
Das Hotel ist prächtig. Marmorsäulen und Blumenschmuck, Fresken dekorieren die Decke des Innenhofes. Geräusche werden von pastellfarbenen Teppichen geschluckt. Man hört nur das Plätschern des Springbrunnens im Atrium. Über ein Jahrhundert lang waren viele Berühmtheiten Gäste in diesem Hotel. Auch Kaiserin Elisabeth von Österreich kannte es gut, bevor sie am Quai ermordet wurde. Barschel wusste nicht, dass er in einem von verschiedenen Geheimdiensten bevorzugten Hotel wohnte. Laut Bericht der Kriminalabteilung hatte er an der Rezeption »kein Schließfach gemietet und keinerlei Wünsche beim Portier geäußert«. Aufgrund der Rechnung hatte Barschel in seinem Zimmer »einen Imbiss« eingenommen. Die kleine Whisky-Flasche der Mini-Bar fehlte, obwohl nach dem Obduktionsbericht kein Alkohol im Körper des Toten nachgewiesen werden konnte.

Bericht der Kriminalabteilung

Wachtmeister G. »hat die Beweismittel gesichert (...). Laut Meldezettel des Hotels heißt der Bewohner dieses Zimmers: BARSCHEL, Uwe, Ulrich.«

Starb der ehemalige Ministerpräsident durch Mord, raffiniert getarnt als Selbstmord, oder durch Selbstmord, geschickt inszeniert als Mord? Selbstmordforscher haben nie etwas anderes als Selbstmord erwartet und nach Aussage des Vorsitzenden der »Gesellschaft für humanes Sterben« habe Barschel nach der »Kombinierten Methode 1: Schlafmittel und Wasser (im Bad)« seinem Leben ein Ende gesetzt.

»Selbstmord? Nicht mein Mann«, sagte seine Witwe Freya Barschel in einem Interview. »Selbstmord wäre keine Option für ihn gewesen. Warum auch? Er hatte sich nichts vorzuwerfen. Ich weiß nur, dass es stets politische Absicht war, den Tod meines Mannes als Selbstmord darzustellen.«

»Ich kann an Selbstmord nicht glauben, weil ich ihn sehr gut kenne«, behauptete sein Bruder E. Barschel. Mord würde aber die ganze Affäre in ein völlig anderes Licht rücken.

Obduktion

Die Obduktion wurde am 11. Oktober 1987 um 18 Uhr vorgenommen. Was zu diesem Zeitpunkt über den Befund berichtet wurde, war »wenig aufschlussreich«. Der Polizeisprecher gab bekannt, dass an der Leiche »keine Anzeichen von Gewaltanwendung« festgestellt wurden, dafür aber »fünf verschiedene Medikamente« im Körper des Verstorbenen nachweisbar waren. Eines davon war das Antidepressivum Tavor. Die vorgenommene Analyse ergab eine »beachtliche Menge Cyclobarbital«. Allein diese Dosis könne bereits zum Tode führen. Nach der Veröffentlichung des Obduktionsbefundes stellte sich heraus, so der Kriminologe Mergen, dass die Untersuchungsrichterin und ihr Polizeisprecher wichtige Ergebnisse »trotz oder gar wegen der Person des Opfers« nicht mitgeteilt hatten. Die frischen Hämatome oberhalb der Augenbrauen wurden zum Beispiel nicht erwähnt. Uwe Barschel ist an einer schweren Medikamentenvergiftung gestorben. »Das ist mit Sicherheit festgestellt. Wie jedoch die tödlichen Wirkstoffe in den Körper des Politikers gelangten, weiß man nicht.« Im Zuge der ersten Ermittlungen wurden offensichtlich »irreparable Fehler« gemacht. Nach Ansicht des Kriminologen war die Selbstmordthese die einfachste. Die Schweizer Behörden waren erleichtert. Die Legende vom Freitod löste alle Probleme, sie passte gut ins politische Konzept. Er hatte sich eben selbst gerichtet, der Schurke. Barschel war sicher »keine Lichtgestalt, aber er war auch nicht der Schurke«, sagt in einem Interview Oberstaatsanwalt Wille. Warum musste Barschel sterben? Für wen hatte er »möglicherweise eine Gefahr bedeutet«?

Aktion Wahrheit

«Das Geheimnis wird immer undurchdringlicher«, schreibt die Genfer Zeitung *La Suisse* in roten Lettern. Ist hier guter Rat teuer? Eine Million Mark sind als Belohnung für die Aufklärung der Todesursache zu verdienen. Noch am selben Tag, an dem die *Bild*-Zeitung das »Millionen-Angebot« verbreitet, gibt es ein »halbes Hundert Mord-Versionen«. Das Rätselraten um die Todesursache geht weiter. Die Verwirrung bleibt. Fünf Bürger gründen die Bürger-Initiative »Aktion Wahrheit für Uwe Barschel«. An einem Tod, der alle Deutungen offen lässt, heißt es Jahre später, hatte wohl Barschel selbst das größte Interesse.

Gesamtbericht

Im Juni 1998 schließt die Staatsanwaltschaft Lübeck die Akte Barschel. Das Ermittlungsverfahren bleibt ohne Ergebnis. Der oder die Mörder sind nicht gefasst, nicht einmal das Mordmotiv ist geklärt. »Nach wie vor liegen zureichende tatsächliche Anhaltspunkte für ein Kapitalverbrechen vor«, heißt es im Beschluss. »Daneben bleibt die Möglichkeit offen, dass es sich um Selbsttötung handeln kann.«

»Sichere Erkenntnisse für die eine oder andere Version gibt es nicht«, schreibt Heinrich Wille. »Es ist bekannt, dass Oberstaatsanwalt Wille einige Indizien nicht verwerten konnte, weil ihm von staatlicher Seite die beantragte Einsicht in BND Akten verwehrt wurde.« (Freya Barschel)

Flugzeugabsturz

Sonntag, 31. Mai 1987

Nächtliche Landung, Schlechtwetter

Für den Ministerpräsidenten steht der Wahlkampf unter keinem guten Stern. Auf dem Heimflug im sechssitzigen Jet von Bonn nach Lübeck-Blankensee streift die Tragfläche der Cessna einen unbeleuchteten Funkmast. Wie das Luftfahrtbundesamt feststellte, war der Mast »zu hoch«. Er soll erst kurze Zeit »so verboten« vor der Anflugbahn gestanden haben. Wer seine Errichtung veranlasst hatte, wurde nie geklärt. Einen halben Kilometer schlittert das Flugzeug über Bahngleise und Büsche. Vor der Landebahn bleibt das brennende Wrack liegen. Drei Insassen sind auf der Stelle tot. Barschel überlebt als einziger. Die Ursache des Unfalls wird nicht eindeutig festgestellt. Man spricht von menschlichem Versagen.

Wahlkampf im Krankenzimmer

Für Barschels Sekretärin ist im Krankenhaus ein Büro eingerichtet worden. Sie verschickt Hunderte von Dankesbriefen an die mitfühlenden Bürger. Barschel versichert den Reportern, die Genesung komme gut voran, es sei ihm, unter Rückbesinnung auf das Durchgemachte, »ein besonderes Bedürfnis, sich für einen fairen Wahlkampf einzusetzen«. Und als eine Journalistin fragt, ob er die »alte, harte Linie« wieder verfolgen werde, sagt er, dass ihn die »Grenzerfahrung demütig und bescheiden« gemacht habe.

Vermarktung des Flugzeugabsturzes

In der Staatskanzlei wird überlegt, ob Barschel bei seiner Entlassung aus dem Krankenhaus medienwirksamer »im Rollstuhl, auf Krücken oder am Stock« präsentiert werden solle. Dank tauglicher Vermarktung des Krankenaufenthaltes ist Barschels Präsenz in den Medien kaum zu übertreffen. Die SPD verzichtet während dieser Wochen auf jede Kontroverse. Engholm selbst hat Barschels Unfall, wie er sagt, »tief bewegt«.

Gegner Engholm

Nur vier Wochen trennen Barschel von seiner Entlassung im Krankenhaus, als er sich mit Engholm der Öffentlichkeit präsentiert. Auf einem Foto geben sich die Spitzenkandidaten vor der Wahl die Hand. Beide treten als Darsteller auf, denn die Fernsehkameras sind eingeschaltet. Was soll das Lächeln? Sollte in diesem Wahlkampf der Konkurrent nicht geradezu vernichtet werden? Barschel musste von der Emotion dieser Rivalität besessen gewesen sein. »Ich käme nie auf die Idee, etwas über das Privatleben meines Gegners in die Welt zu setzen«, sagt Engholm im Nachrichten-Magazin *Der Spiegel.* »Die Wiederholung dieser Vorwürfe selbst noch im Dementi hat mich eigentlich am meisten getroffen. (...) Ich habe damals immer noch nicht geglaubt, der Regierungschef könnte das wirklich alles gemacht haben.« Auch Engholm, das angebliche Opfer des Komplotts, ist mittlerweile bei einer Lüge ertappt worden. Vor dem Tribunal des Kieler Landtages verstrickte er sich in Widersprüche, als zur Debatte stand, wie und wann er von Pfeiffers Intrigen erfahren habe. Es wurde offenkundig, dass Engholm schon vor der Landtagswahl viel mehr wusste, als er damals öffentlich zugegeben hatte. Engholms Auftritt, so heißt es, »hinterließ deprimierende Verwirrung«.

Im Frühjahr 1993 muss Engholm zugeben, jahrelang gelogen zu haben. Er tritt von allen politischen Ämtern zurück.

Landtagswahl

Zwei Tage vor der Wahl wird Barschel in der *Bild*-Zeitung zitiert: »Ich bleibe Ministerpräsident.« Dass die Wahl für die CDU schlecht ausgehen könnte, sei »so unwahrscheinlich, dass ich darüber noch gar nicht nachgedacht habe«.

Sonntag, 13. September 1987

Die CDU verliert die absolute Mehrheit und erleidet eine ihrer schwersten Niederlagen. Das Eingeständnis einer Niederlage kommt für Barschel jedoch nicht in Frage. Im Gegenteil: Trotz des Wahldesasters präsentiert er sich seinen Anhängern triumphierend mit einer roten Rose in der Hand: »Dies ist ein Tag der Freude. Eine der dramatischsten und unübersichtlichsten Wahlkampagnen in der Geschichte des Landes liegt hinter uns. (...) Wir alle, die Freunde der Union, sind als Sieger aus dieser Kampagne hervorgegangen. (...) Wir alle wollen den Bürgerinnen und Bürgern unseres Landes demonstrieren, dass wir es sind, die dafür sorgen, dass endlich wieder Sauberkeit und Anstand in unsere politische Kultur eingeführt werden.« Noch am Wahltag erstattet Barschel Strafanzeige gegen Pfeiffer und die verantwortlichen *Spiegel*-Redakteure.

Prognosen
Freitag, 25. September 1987
Die Chancen Barschels, »den durch die ›Enthüllungen‹ seines Pressereferenten Pfeiffer entfachten Sturm politisch überleben zu können, werden zunehmend ungünstig bewertet. Die Kieler Krise belastet auch Bundeskanzler Kohl.« (Neue Zürcher Zeitung)

Rücktritt
Freitag, 25. September 1987
Kieler Landeshaus
Im selben Saal, wo Barschel eine Woche zuvor sein Ehrenwort gegeben hat, kündigt er seinen Rücktritt an, den er offiziell mit der »politischen Verantwortung« begründet, die er für die Intrigen Pfeiffers übernehme. Die CDU bezeugt ihm noch ausdrücklich ihren Respekt. Pfeiffer nimmt indessen jede Talkshow und jedes Interview-Angebot wahr, um alle Schuld von sich weg auf Barschel abzuladen.

Freitag, 2. Oktober 1987
Als Barschel zur Sitzung des neugewählten Landtages den Plenarsaal betritt, gehen die Abgeordneten ihm aus dem Weg. Barschels Rücktrittserklärung wird tonlos verlesen, und die Einsetzung eines parlamentarischen Untersuchungsausschusses einstimmig beschlossen.

Anfangsverdacht
In der ersten Vernehmungswoche werden die Anzeichen immer zahlreicher, dass Barschels Aussagen in

seiner Ehrenwort-Pressekonferenz in mehreren Punkten nicht der Wahrheit entsprechen. Es seien »gravierende Widersprüche« zwischen Barschels Aussagen und den vernommenen Zeugen zutage getreten. Ein Zeuge nach dem anderen habe die entlastenden Aussagen, zu denen sie »ihr früherer Chef nötigte«, umgestoßen. Pfeiffers Darstellung, im Dienste Barschels »gefälscht und intrigiert« zu haben, wird von mehreren Zeugen gestützt.

Mittwoch, 7. Oktober 1987
Bei den in »Kiel durchgeführten Ermittlungen« habe sich ergeben, dass Barschel an der anonymen Steueranzeige gegen Engholm »mitgewirkt haben könnte«, steht in einem Schreiben der Lübecker Staatsanwaltschaft. Sie beantragt die Aufhebung von Barschels Immunität.

Worte der Woche
»Ehrenmann, das war Uwe Barschel wohl nicht mehr. Er war eben nur ein Mann, der genau in das politische Milieu hineinpasste, welches sich ihm bot.« (Kai-Uwe von Hassel, ehemaliger Kieler Regierungschef)
»Mein Ehrenwort, ich freue mich, dass Sie gekommen sind.« (*Spiegel*-Herausgeber Rudolf Augstein auf der Jubiläumsfeier seines Blattes)
»Uwe Barschel hat nicht die Wahrheit mit ins Grab genommen, sondern die Lüge. Sein großes Fernseh-Ehrenwort ist in sich zusammengebrochen.« (Theo Sommer, *Die Zeit*)

Beau-Rivage
Das Einzelzimmer 317 mit dem Blick auf die Seepromenade soll im Laufe der folgenden Jahre Besucher angelockt haben, die das Todeszimmer für einen Erlebnisurlaub mieten wollten. Es musste ein geradezu obszöner Kult um dieses Zimmer gewesen sein, sodass der Besitzer des Hotels die Zimmer 317, 318 renovieren und zu einer Suite zusammenlegen ließ. Bauarbeiter entsorgten die berüchtigte Badewanne.

Eintritt des *Stern*-Redakteurs Knauer ins Zimmer 317
Der Reporter war nach Genf geflogen, um mit Barschel im Auftrag der Redaktion ein Interview zu führen. Nachdem Knauer am Sonntagmorgen mehrmals versucht hatte, Barschel telefonisch zu erreichen, und an die Tür des Zimmers 317 geklopft hatte, betrat er das unverschlossene Zimmer.

Aussage des Stern-Redakteurs Knauer
»Zu meiner Überraschung war die Tür offen. Von der Türschwelle aus sah ich einen Schuh auf dem Fußboden. Ich versuchte es mit Rufen, aber niemand antwortete mir.« Nachdem Knauer sich entschlossen hatte, das Zimmer 317 ein zweites Mal zu betreten, öffnete er auch die Tür zum Badezimmer. »Da kam mir auch schon so eine Wärme entgegen; (…) ich sah dann, dass irgendetwas in der Badewanne ist, und sah diese total stille Wasseroberfläche, die mitgeteilt hat, da ist etwas ganz zum Stillstand gekommen. Das ist tot.«

Kritik des Kriminologen Mergen

Knauer rief keine Zeugen herbei. »Er war mit dem Toten allein.« Er verschwieg der Kriminalpolizei, dass er beim erneuten Zurückgehen in den dritten Stock eine Kamera mitgenommen hatte, um Barschel in der Badewanne zu fotografieren. Es wurden zahlreiche Aufnahmen gemacht. Auf den veröffentlichten Fotos sieht man Barschel mit Hemd, Hose und Schlips bekleidet. Um den rechten Arm ist ein Frotteehandtuch gewickelt. Am linken Handgelenk zeigt die Uhr, die einwandfrei funktionierte, 12.45 Uhr. Knauer fotografierte auch im Schlafzimmer, er fotografierte das unbenutzte Bett, das aufgeschlagene Buch, den Schuh, den Koffer im Vorraum, die handgeschriebenen Notizen neben dem Telefon, die vier Tage später veröffentlicht wurden. Dann erst, nachdem Knauer im Zimmer herumgestöbert und seinen Film in Sicherheit gebracht hatte, informierte er die Hoteldirektion. Durch sein Handeln hatte er Spuren verwischt, neue gesetzt und viel zur Verwirrung um Barschels Tod beigetragen. Bei der Genfer Polizei bestehen Zweifel, ob Barschel so in der Wanne lag, wie er dann später von dem Reporter gefunden wurde. Die nassen Haare auf dem veröffentlichten Photo erregen den Verdacht, dass die Körperstellung des Toten manipuliert wurde, um den im Wasser Liegenden in eine »photogenere Sitzposition« aufzurichten.

Vermarktung der Fotos

Das Foto vom toten Barschel in der Badewanne war zwei Tage später im Wochenmagazin *Stern* und in der ZDF-

Tagesschau zu sehen. Es wurde auf den Titelblättern veröffentlicht und zirkulierte in vielen Tageszeitungen um die Welt. Bald machte das Wort »Badewannenjournalismus« die Runde.

Barschel und Marat

Alexander Klose vergleicht in seinem Essay »Tod in der Badewanne« die Veröffentlichung der Bilder vom toten Barschel mit dem Bild des toten Marat. Das Badewannenfoto, das nach Auffassung vieler nie hätte veröffentlicht werden dürfen, wird zu einer »Ikone der kollektiven Bebilderung«. Im Gegensatz dazu der »Tod des Marat« in Öl auf Leinwand, das der Maler David am 16. Oktober 1793 im Hof des Louvre der Menschenmenge vorstellte. Die Darstellung des toten Marat in der Badewanne wird zum »Andachtsbild«, beinahe zum Passionsbild, die Veröffentlichung des Pressefotos vom toten Barschel hingegen gilt als skandalös und pietätlos. Es erinnert an das »Genre des Kriminalfilms«. Aus dem Badezimmer ist ein Ort geworden, an dem sich ein Verbrechen zugetragen hat. »Die Aufnahme von schräg oben suggeriert eine Täterperspektive, die halb geöffnete Tür den Fluchtweg.«

Thomas Demand, Künstler, der Tatorte nachbaut und fotografiert, inszeniert Jahre später die Negation des Geschehens, nämlich ein Ereignisbild, »aus dem alle Spuren des Ereignisses getilgt wurden«. Sein Badezimmer »zeigt einen Raumausschnitt mit Badewanne, Vorhang, Badevorleger mit Falte und halb geöffneter Tür, der formal mit dem Barschel-Foto exakt übereinstimmt; bis auf ein entscheidendes Detail: In der Badewanne befindet sich keine Leiche; nur Wasser und ein bisschen Schaum.«

Zimmer 501

Das Zimmer in diesem Hotel, in dem ich zwanzig Jahre später übernachtete, lag im fünften Stock, also zwei Etagen über Barschels Zimmer. Das Bad war geräumig, die Wanne ausgeleuchtet, hellblaue Fliesen an der Wand, dunkelblaue auf dem Boden. Ich nahm ein Bad, ich sah die geöffnete Tür, die Falten im Duschvorhang. Da fielen mir die Bilder ein, die ich Stunden zuvor in einer Eros-Ausstellung in Basel gesehen hatte. Ich erinnerte mich an die lebendig wirkenden Körper in Rodins wunderbaren Aquarellen, Körper, die sitzend, liegend, bekleidet oder nackt posieren. Ich lag jetzt da zwischen Wachen und Schlafen, losgelöst von allem und ließ die Gedanken schweifen. Wo war Barschel in jener Nacht? Wo war er gewesen, bevor er sich in die Wanne legte oder gelegt wurde? Niemand wusste, ob er die ganze Nacht im Zimmer verbrachte. Genauso gut hätte er seine Zeit im Grand Casino verspielen können, das nur wenige Schritte vom Hotel entfernt auf der Uferstraße liegt. Doch für ein perfektes Verbrechen, für das es Beweise geben soll, wäre kaum ein günstigerer Ort denkbar gewesen als ein Badezimmer in diesem Hotel.

Der braune Schuh
Was hat es mit dem linken Schuh auf sich, der mit offenem Schnürband im Badezimmer gefunden wurde? Er lag auf dem verschmutzten Frotteestoff der Badematte. Die Genfer Ermittler vermuteten Spuren von Schuhcreme. Die Kieler Spezialisten hingegen erklärten, dass es sich um »Farbauswaschungen aus dem inneren Schuhleder« handelt. »Die Verfärbungen konnten nur durch ein organisches Lösungsmittel entstanden sein, etwa den Wirkstoff DMSO«, der über den Schuh gegossen worden war. Das Lösungsmittel dringt durch die Haut und ermöglicht den »Transport von Gift«.

Korrektur
Aus gutem Grund, so vermute ich, ist ein Farbfoto vom Toten lange unveröffentlicht geblieben. Deutlich sind an Stirn, Kinn, Schläfen und Wangen Spuren von Gewaltanwendung sichtbar. Außerdem entdeckten Hamburger Mediziner eine Verletzung am Hinterkopf, die möglicherweise durch einen »seitlich von oben ausgeführten Schlag«, den sich Barschel nicht selbst zugefügt haben konnte, verursacht wurde. Somit ist es viel wahrscheinlicher, dass der Tod durch fremde Hand und nicht durch eigene herbeigeführt wurde.

Hypothesen
Die Barschel-Affäre ist Zeitgeschichte und gibt nach zwanzig Jahren, wie es heißt, immer noch Rätsel auf. Barschel, der vielleicht gegen seinen Willen in verbotene Waffengeschäfte verstrickt war, hatte schon zu

Lebzeiten keinen Frieden. Und da nicht geklärt werden konnte, wie er gestorben ist, ist sein Tod bis heute nicht aus den Medien verschwunden. Ruhe wird erst dann einkehren, wenn die Experten Klarheit schaffen, doch Klarheit scheint in dieser traurigen Geschichte fast nicht mehr möglich.

»Ich möchte, dass alles lebendig gehalten wird und meinem Mann Gerechtigkeit widerfährt«, sagt Freya Barschel. Sie hält die These des Ex-Mossad-Agenten Ostrovsky »für schlüssig«: ihr Mann habe mit Enthüllungen über Waffengeschäfte gedroht, die für den damaligen Iran-Irak-Krieg über Schleswig-Holstein gingen.
»Mein Mann sagte mir, dass ihn sein Wissen sehr belaste und dass er mit niemandem darüber sprechen könne.«

In einer anderen Version war Barschel in das illegale U-Boot-Geschäft mit dem Apartheidregime in Südafrika involviert. Nach seinem Rücktritt war zu befürchten, dass er die »politischen Hintergründe« des Rüstungsgeschäfts offenlegt. Damit hätte er nicht nur seine Partner, sondern auch die Bundesregierung in Bedrängnis gebracht. Barschel musste danach aus Gründen der »Staatsräson« sterben, davon ist Anwalt Warburg überzeugt.
Barschel, darauf deutet vieles hin, hatte einiges zu verbergen. Die Hinweise der Nachrichtendienste werfen außerdem mehr Fragen auf, als sie zur Klärung beitragen. Sie zeigen – und da scheinen sie übereinzustimmen – die tödliche Spirale verschlungener Machtpolitik. Barschel im Labyrinth der Macht? Barschel, der Vermittler frag-

würdiger Geschäfte? Barschel, der zu viel wusste? Barschel, die tragische Figur? Oberstaatsanwalt Wille meint 2007 in einem Interview, dass er mit der »uneingeschränkten Unterstützung vorgesetzter Dienststellen« eine Chance, eine geringe Chance gehabt hätte, den Fall zu klären.

Barschels letzte Woche

Dienstag, 6. Oktober 1987

An jenem Nachmittag, an dem Barschel mit seiner Frau nach Gran Canaria fliegt, um seine Verteidigung vorzubereiten, ahnt noch niemand, dass bereits das Ende des Dramas beginnt. Das Ehepaar, das beruhigt feststellt, auf dem Flug nach Süden unerkannt zu bleiben, wird jedoch von mitreisenden Geheimdiensten beschattet. In Bahia Feliz wohnen die Barschels in der Ferienanlage eines Freundes. Frau Barschel bemerkt während des Aufenthaltes im Verhalten ihres Ehemannes nichts Außergewöhnliches. Es fällt ihr nichts Beunruhigendes auf, obwohl Barschel schlecht schläft und die Dosis des Medikaments Tavor erhöht. Der Politiker teilt seiner Frau auch nichts »Vertrauliches« mit, außer, dass er sich entschlossen habe, ein Buch zu schreiben. Das sollte eine Abrechnung mit den politischen Ereignissen werden. In Kiel braut sich inzwischen das Unheil zusammen. Barschel wird von seinen Parteifreunden über die Entwicklung in Kiel informiert und aufgefordert, unverzüglich seine Ferien zu unterbrechen und am Montag, dem 12. Oktober zu den neuen Belastungen vor dem Untersuchungsausschuss Stellung zu nehmen.

Ebenso verlangt man von ihm, sein Landtagsmandat niederzulegen, falls er die Vorwürfe nicht eindeutig widerlegen könne.

Von wem war da die Rede?
»Schon nach seinem Rücktritt als Ministerpräsident«, sagt Freya Barschel, hatte ihr Mann zu Hause einen Anruf bekommen, »der ihn völlig aus der Bahn warf«.

Donnerstag, 8. Oktober 1987
Am Nachmittag hatte sich im Büro der Ferienanlage ein Unbekannter gemeldet und Barschel um Rückruf gebeten. Barschel musste die Stimme des Anrufers erkannt haben, der ihn schon im September kontaktiert hatte. Am Abend spricht Barschel mit seiner Frau über den Entschluss, in Genf den unbekannten Informanten zu treffen, der ihm entlastende Informationen in Aussicht stellt. In einem nächtlichen Telefonat warnt Barschels Schwester den Bruder vor einer Falle und rät ihm dringend von diesem Treffen ab. Aber da hat sich Barschel schon entschieden und seine Rückkehr nach Kiel, die er zunächst über Madrid vorgesehen hat, umbuchen lassen mit Zwischenlandung in Genf. In der Iberia-Maschine gibt es noch einen freien Platz. Dienstag oder Mittwoch will er wieder zurück auf Gran Canaria sein.

Freitag, 9. Oktober 1987
Von seinem Ferienort schickt Barschel ein Fernschreiben nach Kiel und klagt den Fraktionschef einer »beispiellosen Vorverurteilung« an. Barschel teilt mit, er werde

»Sonntag nachmittag in Schleswig-Holstein eintreffen und am Montag, dem 12. Oktober, wenn gewünscht, allgemein zur Verfügung stehen.« Er beharrt weiterhin auf seiner Darstellung, von den Winkelzügen Pfeiffers nichts gewusst zu haben. »Leider«, setzt Barschel fort, »bin ich jetzt in meinem Kampf für die Erhellung der vollen Wahrheit fast auf mich allein gestellt.« Er fügt aber hinzu, dass er kämpfen werde, »damit die volle Wahrheit ans Licht kommt«, und stellt eine Sensation in Aussicht. »Aufgrund einer Information«, die er erhalten habe und der er noch am Wochenende persönlich nachgehen werde, könnte er vielleicht schon am Montag einen wesentlichen Beitrag zur Aufklärung leisten. Was beabsichtigte Barschel mit diesem Fernschreiben? Hielt er es denn für möglich, seine Verteidigung auf ein Treffen mit einem dubiosen Informanten aufzubauen? Stunden später sagt er einem BILD-Redakteur durchs Telefon: »Glaubt mir denn niemand mehr?«

So war es!

Für einen solchen Mord kam nur ein »professionelles Team« in Frage, »das sowohl raffiniert töten als auch täuschen konnte. (…) Ein Killer-Team, das über die Fähig keit verfügte, das Opfer an den Tatort zu locken; (…) das aber auch in der Lage war, den Tatort zu kontrollieren.« (Michael Mueller, Rudolf Lambrecht, Leo Müller)

Oder so?

»Es war kein Mord«, schreibt Hans Leyendecker in der *Süddeutschen Zeitung*. »Ein Machtsüchtiger war tief gefallen, ein Medikamentensüchtiger war in der Sackgasse des Lebens. Er inszenierte dann, wie das Beispiel Roloff zeigt, sein Ende.«

Samstag, 10. Oktober 1987

Von diesem Samstagmorgen an riskiert Barschel alles. Er verlässt früher als notwendig das Ferienhaus und fliegt dann mit der Iberia-Maschine, Flug Nummer IB 554, nach Genf, seinem Tod entgegen. Offenbar schon im Flugzeug beginnt der schwer in Bedrängnis geratene Barschel in Stichworten das Protokoll seiner Reise festzuhalten. Er notiert, dass er in Genf den Unbekannten treffen will, der ihm die entlastende Fotografie versprochen hat. Damit könne er beweisen, dass er das Opfer eines Komplotts geworden sei, das Pfeiffer gegen ihn angezettelt hat. Barschels letzte und einzige Chance?

Um 15.10 trifft Barschel auf dem Flughafen Cointrin ein. Er trägt einen hellen Trenchcoat. Sein einziges Reisegepäck ist ein kleiner Lederkoffer. In der Halle wird er von einem Journalisten angesprochen. Barschel täuscht vor, kein Deutsch zu verstehen. Das letzte Foto, das in diesen Augenblicken von ihm lebend gemacht wird, zeigt einen Gehetzten auf dem Weg zum Taxistand. Etwa eine halbe Stunde später kommt er in dem Genfer Hotel Beau-Rivage an und bezieht dort das Zimmer 317. Ein »Docteur Barschel« sei eingetroffen, erfährt der Journalist gegen 16.30 Uhr von der Telefonistin.

»In Genf wollte sich mein Mann eigentlich ein günstiges Hotel suchen. Vom »Beau-Rivage«, sagt Freya Barschel »war eigentlich nie die Rede (…) von einem geplanten

Treffen in einem Hotelzimmer hat er mir nichts erzählt. Er muss dort hingelockt worden sein.«

Der Notizblock wird am nächsten Tag im Hotelzimmer gefunden. Barschel hat darauf das Treffen mit dem Informanten beschrieben. Unter der Überschrift »17.10 Uhr Hotel Beau-Rivage« notierte Barschel mit kleinen, leserlichen Buchstaben: »Treffen mit R. R. hat geklappt (…) Spaziergang in Flughafennähe (…) Ich bin sicher, dass er kommt mit dem Bild.«

Beau-Rivage

> »Wenige geleitet das Glück bis an die Schwelle: so höflich es gegen die Ankommenden zu sein pflegt, so schnöde gegen die Abgehenden.«
> (Balthasar Gracians Handorakel, die Kunst der Weltklugheit)

Vom Hotel aus telefoniert Barschel in den Abendstunden mit seiner Frau, mit seiner Schwester in Kiel und mit seinem Bruder in Yens bei Lausanne, bei dem seine Kinder gerade Ferien machen. Jetzt habe er die Information, die er brauche, sagt Barschel am Telefon und berichtet über das Treffen am Flughafen. Die größte Gefahr wäre wohl überstanden, meint Barschel. Es fehle nur noch die Übergabe des Beweisstückes, die letzte bevorstehende Aktion. Er habe sich für 20 Uhr mit Roloff noch einmal verabredet.
»Uwe war ein völlig anderer Mensch, optimistisch, enthusiastisch, total verändert«, wird es später heißen.

Die Brüder vereinbaren ein Treffen entweder am Abend vor dem Eingang des Zirkus Knie in Lausanne oder am nächsten Morgen bei einem gemeinsamen Frühstück in der Villa des Bruders. Aber Barschel kommt weder zum Zirkus noch zum Frühstück. Er stirbt am Sonntag Vormittag – bekleidet in der Badewanne.

»Der Tod meines Vaters wird mich mein ganzes Leben beschäftigen.« (Christian Albrecht Barschel)

Willkommen Österreich

Die Firma Polypex hat im Fernsehen neue Badewannen verlost. Was für ein Geschenk hat sich Eva S. da eingehandelt?! Sie gewinnt nicht den Flug nach Malta, sondern die *Kombiwanne Venus*: »I wü des net, i freu mi net, i hab nur a klane Wohnung, in Wien, im 4. Stock, bitte, schickens ma ka Wann, i waß net, was i damit machen soll, schickens ma irgendwas, nur ka Badewann.«

Die gläserne Wanne

Auf der Jubiläumsausstellung in Wien 1898 waren ein Schlafzimmer und ein Bad mit einer gläsernen Wanne zu sehen. Der Architekt hatte sie für seinen Privatbedarf konstruiert: großflächige Glasplatten, von Metallleisten gehalten. Ohne Zweifel – Otto Wagners Wanne hatte die Aufmerksamkeit des Publikums erregt. Wie altbacken wirkte dagegen der Pomp in den Wohnräumen eines zu Ende gehenden Jahrhunderts? Die von Löwenpranken getragene Badewanne, eine Mischung aus Antike und Barock, gehörte zur Vergangenheit.

Jahrhundertwende, Aufbruchstimmung, großräumige Stadterweiterung. Otto Wagner wird mit der Durchführung von Bauprojekten betraut, die Wien nachhaltig verändern. Vor 1900 soll er etwa siebzig Architekten, Baumeister und Zeichner beschäftigt haben. Wagner – dem Habitus nach ein Grandseigneur – steht im Zentrum des Wiener Kulturlebens und wird von der Avantgarde sehr geschätzt. Der junge Loos schwärmt geradezu vom Badezimmer mit der gläsernen Wanne und Klimt malt den Akt einer Frau: IN NUDA VERITAS. Die nackte Wahrheit zeigt sich in den erotischen Bildern, sie wird für die Ausstellungsbesucher zur Schau gestellt, sie ist allgegenwärtig. Wagner, der sich ein Ambiente schafft, das seinen aktuellen Wünschen und Vorstellungen entspricht, lässt sich das Bad mit der selbst konstruierten

Wanne in die Wohnung, Köstlergasse 3, einbauen. Die Durchsichtigkeit der Wanne gefällt ihm, besonders dann, wenn seine junge Frau darin badet. Sie solle, wie er immer wieder betont, das Bad genießen, sich ungeachtet seiner vielen Tätigkeiten behaust und geborgen fühlen, die gläserne Wanne ist sein Liebesbeweis.

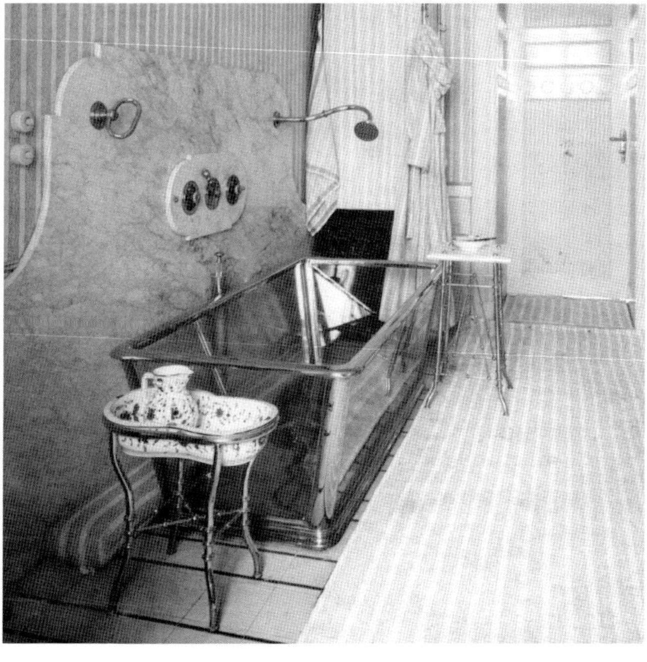

Schneewittchen

Der gläserne Sarkophag mit den goldenen Schuhen darauf. Er schimmert hellblau. Soll das Wittchens Wanne sein? Warum bleibt das Königskind hier unbeachtet? Vielleicht liegt es an dem zerbrochenen Spiegel, der an einer Schnur befestigt war und von der Wand gefallen ist. Was hat dieser Spiegel alles gezeigt? Die Tänzerinnen haben die Scherben weggetragen ohne sie wieder zusammenzusetzten. Spieglein, Spieglein an der Hand, wer hat die begehrteste Wanne im ganzen Land? Die ersten Gäste kommen die Treppe hinauf und stehen in der Tür. Ein Mann stolpert durch den Seiteneingang auf die Bühne, und während er sich über die Wanne beugt, wirft er Wittchen eine Rose aufs Fiberglas.
»Prinz bin ich keiner, ich hab nicht viel Zeit, aber eine Tasche voll mit Euroscheinen.« Wittchen ist noch nicht bereit, die Augen aufzuschlagen und muss erst lernen, aus der Wanne herauszulächeln. Vielleicht sollte sie auf einen anderen warten, aber mit den Moneten in der Hand kommt man durchs ganze Land.
»Egal, wer mich da küsst«, sagt sie, »ich will nicht länger tot sein. Jetzt weiß ich, dass ich lebe.« Sie trinkt den Champagner, greift nach den Schuhen und begleitet den Mann auf einem Lichtteppich in die Bar.

Die Favoritin des Papstes

An meinem Geburtstag – ich werde heute sechzehn – bin ich vom Duft der Blüten in den Vasen aufgewacht, glückselig, als ich die Wanne aus Marmor mit dem Kopf des Panthers entdeckte, die der Papst in mein Schlafzimmer stellen ließ. Dieses Prachtstück ist auf seine Anweisung aus den Thermen geholt worden. Es ist sein Geschenk. Ihm verdanke ich, was mir früher unerreichbar schien: in einer Marmorwanne zu baden.
Mit dem Bad beginnt der Tag. Ich rieche die Rosenblüten und warte, dass die Sonne aufgeht. Das tut gut nach dieser Nacht. In der Badewanne bin ich allein, keiner beugt sich über mich, niemandem muss ich gefallen, ich reinige meinen Körper von den Spuren päpstlicher Gier und ich kann wieder ich selbst sein. Der Papst ist 44 Jahre älter als ich. Ich weiß, was er meint, wenn er mich nachts in seine Privatzimmer führt. Ich kann ihn nicht abweisen, ich habe keine andere Wahl. Dass ich seine Geliebte geworden bin, ist Stadtgespräch und nur für diejenigen skandalös, die mich darum beneiden. Seine Geschenke nehme ich an. Allein von den Juwelen werde ich später gut, sehr gut leben. Das ist meine Lust. Außerdem steht meine Familie unter seinem Schutz. Dafür setze ich meine Intuition und meinen Körper ein.
Zweifellos ist er, Alexander VI., nicht nur unfehlbar, sondern auch unbelehrbar, denn meinetwegen hat er Vanozza verlassen. Sie ist immerhin die Mutter seiner vier Kinder.

Dass ich verheiratet bin, interessiert ihn nicht. Wollte ich zu meinem Ehemann zurückkehren, wäre das für den Papst eine sträfliche Undankbarkeit, eine Niedertracht, die er mir unter Androhung eines Kirchenbanns verbieten würde. Mein von Eifersucht gequälter Mann ist aber dem Papst zu Gehorsam verpflichtet. Er nimmt die Anweisungen Seiner Heiligkeit kniend zur Kenntnis und wird für den ehelichen Verzicht aus der päpstlichen Schatulle reichlich entschädigt.

Kniefall. Soll das die angemessene Haltung sein? Danach fühlt man sich wie ein anderer Mensch. Gedemütigt? Fallen Sie gefälligst auf die Knie! Dieses Fallen will jedoch gelernt sein. Sie sinken ja ohnehin auf ein Kissen aus Goldbrokat. Wer weiß, wie viele Prälaten auf Knien um den Aufstieg in höhere Ämter bitten, auch die Kardinäle wünschen die Segnungen des Papstes kniend herbei. Sogar sein Sohn Cesare und der König von Neapel beugen ihre Knie. Aber der Papst kniet mit gefalteten Händen vor der Madonna, die er nach meinem Ebenbild malen ließ. Seitdem bin ich mutiger geworden, ich traue mir mehr zu.

Die Marmorwanne erleichtert mir mein Leben. Sie gehört mir allein, sie gibt mir ein befreiendes Gefühl, vielleicht sogar ein Glücksgefühl, sie ist der einzige Ort, der mir Sicherheit gewährt, denn Kurtisane zu sein, bedeutet immer auch Vorsicht vor jedermann. Die Farbe des Marmors passt zu meiner Haut. Immerhin hat der Papst sie ausgesucht. Einmal steht er im Hofgewand vor mir, trägt Gold und Grün, das ihm das Aussehen eines schillernden Käfers gibt, dann wieder im bestickten Kirchenkleid, das wegen seiner Körperfülle weit geschnitten ist. Wenn er zu mir spricht, höre ich aufmerksam zu. Stellt er mir eine Frage, komme ich gar nicht dazu, die Antwort abzuwägen. Ich habe Angst, etwas Falsches zu sagen, also sage ich nichts und warte oft vergeblich auf ein erlösendes Wort, auf einen nachgiebigen Blick und wage nicht, seine Sätze zu unterbrechen.

Mein Nachtgebet: Allmächtiger, stärke meinen Glauben, lehre mich, offen zu sein für diese Welt. Aber dir, Heiliger Vater, danke ich für den Ring und das viel beachtete golddurchwirkte Kleid. Ich ahne nichts von deinen Sorgen, weiß nicht, wie dir zumute ist, wenn du einen Feldzug vorbereitest, weiß nicht, was du Gutes tust, weiß kaum etwas, von deinen Racheakten, deinen Grausamkeiten, weiß nicht, wen du gefangen hältst, wen du begnadigst, wen du segnest, weiß nicht, wie lange du mich verschonst, weiß nur, dass du die Sonette von Petrarca liest. Und so könnte ich dich lieben, wenn du nicht der wärest, der du bist.

Fußkuss. Die dreistufige Krone macht den Papst mächtig. Er sitzt in seinem Thronsessel und weiß, was sein Amt ihm zu bieten hat, die Macht über alle Sterblichen, denn niemand ist über ihn gestellt, ihm liegt alles zu Füßen, und sollte er sich väterlich milde zeigen, dann nur, um den eigenen Willen durchzusetzen. Die Zeremonie, die jetzt unter dem Baldachin stattfindet – wie lang das wieder dauert –, fordert jeden Besucher zum Fußkuss auf. Uneinigkeit herrscht unter den Personen darüber, wer vor wem den Fuß des Papstes küssen darf. Der auf freien Fuß gesetzte Kardinal ist heute als erster an der Reihe, den bestickten roten Stoffschuh mit den Lippen zu berühren. Der Papst beugt sich vor, um die Ehrung genau zu sehen und dann gleich wieder in den gepolsterten Armsessel zurückzusinken.

In Florenz lehrt aber ein Bußprediger, der sich als Prophet ausgibt, den Ungehorsam. Er predigt von der Kanzel zu einer lauschenden Menge, dass die Papstwahl des Jahres 1492 ungültig, da erkauft war, und der Gewählte ein Ungläubiger sei. Er vergleicht Rom, die Stadt der Kardinäle, die Stadt der vierzehntausend Huren, mit Babylon.

In meiner Marmorwanne kümmert mich das nicht, denn ich bin die Geliebte des Papstes. Es gibt Tage, da denke ich über seine Lebenszeit hinaus, da wünsche ich ihm einen natürlichen Tod und fürchte wiederum nichts so sehr, wie das Ende seines Lebens. Oft weiß ich selbst nicht, was in mir vorgeht.

Was soll der Lärm da draußen? Durch die geschlossene Tür höre ich jetzt die Stimme des Zeremonienmeisters: Der Papst lässt mich wissen, dass er sich der Melancholie hingibt. Woran denkt er? An den drohenden Umsturz? An den Karneval? An die Gottesstrafe? Mag sein, dass ihn der Tod eines Kardinals bedrückt, der an den Folgen eines üppigen Festmahls starb. Der Papst in seiner Lebensgier fürchtet schließlich nichts so sehr wie den vorzeitigen, plötzlichen Tod. Er kon-

zentriert sich auf den eigenen wohlgenährten Körper und obwohl der Leibarzt die bestmögliche Gesundheit festgestellt hat, quält ihn die Frage, wie er sein Leben und damit seine Regierungszeit verlängern kann, ohne den Schlemmereien fürstlicher Tafelfreuden widerstehen zu müssen.
Ein verheerender Sturm fegte heute über die Stadt, drehte die Wetterfahnen und brachte die Glocken zum Läuten. Ein umgefallener Schlot zertrümmerte das Dach des Palastes. Zwei Hofbeamte starben. Ein Kardinal konnte sich in die Fensternische retten. Doch der Papst thronte unter dem Baldachin und ignorierte die Katastrophe – den Einsturz seines Himmels. In der Badewanne hatte ich von all dem nichts bemerkt. Ich sehe einer Spinne zu, wie sie am Fußende der Wanne hinaufklettert, abrutscht und immer wieder hinaufklettert. Ein Lichtstreifen fällt durch die Türöffnung, die zu einem verdeckten Gang führt, von dem aus ich ungesehen in die Privatzimmer des Papstes gelangen kann. Ich muss aus dem Palast hinaus, will ich rufen, ich bin todmüde, ich spüre den Luftzug, das Wasser wird kalt, ich friere und mache mir wenig Hoffnung, dass sich in meinem Leben bald etwas ändern wird.

Im Schatten der Jalousien träume ich vom Ostersegen. Tausende Menschen haben sich auf dem Petersplatz versammelt. Alle Blicke sind auf den Dom gerichtet. Doch dann passiert etwas, womit niemand gerechnet haben konnte. Während der Papst auf die Loggia tritt, um mit lauter Stimme seine Botschaft zu verkünden, steige ich unter dem Schlag der Glocken als Ikone aus der Wanne. Ich bin Madonna geworden. Das ist nicht zu leugnen. Dieser Körper, der noch vor kurzem der Körper der Guilia bella war, hat ein anderes Aussehen bekommen. Ich trete auf die Loggia über dem Papstportal und zeige, was ich aus mir gemacht habe. Ich bin überrascht, wie leicht das möglich ist. Nie hätte ich mich als Guilia Farnese auf die Loggia gewagt, nie würde der Papst mir erlauben, eine Rebellin zu werden, aber als Madonna biete ich mich dar. Es ist ein gutes Gefühl, Macht zu haben, denn alles, was ich durchgemacht habe, hat mich auf diese Loggia gebracht. Ich sehe die vielen Menschen im grellen Licht, aber der Ansturm der Pilger gilt nicht dem Papst, sondern mir, Madonna.

Gabrielle und Julienne

In der Badewanne ist Gabrielle gegen ihre Schwester wehrlos. Julienne reißt ihr das Hemd vom Körper und wirft es in die Wanne. Gabrielle versucht, auf sie einzuschlagen, hat aber nicht mehr die Kraft dazu. So geht es mir, will sie sagen, da drückt ihr Julienne einen Kuss auf die Lippen und Gabrielle erwacht.

Louvre, zweiter Stock, Richelieu-Flügel, Saal 10. Das Bild eines unbekannten Malers aus der Schule von Fontainebleau um das Jahr 1600.
Zwei Frauen in einer Badewanne. Ihre hoch frisierten Haare vertragen kein Badewasser. Sie stützen ihre Arme auf den Wannenrand, der mit einem hellen Tuch bedeckt ist. Rote Seidenvorhänge fallen seitlich herab.

Man muss schön sein. Nein, du musst schön sein – von Kopf bis Fuß das Schönheitsideal deiner Zeit verkörpern. Jedes Mal eine auferlegte Prozedur, lange geübt, wie es sich gehört. Die Augenbrauen sind nachgezogen, die Lippen und Brustspitzen im gleichen Rot. Schminke über Gesicht und Oberkörper. Das Bleiweiß auf der Haut lässt kaum erahnen, wie du wirklich aussiehst, aber blass musst du sein.
Worüber unterhaltet ihr euch? Und warum, Gabrielle, seid ihr auf diesem Bild so makellos, elegant, puppenhaft und doch verwegen? Deiner Schwester Julienne, der

Herzogin von Villars, stehst du in nichts nach. Du sitzt ihr in der Wanne gegenüber. Sie berührt deine Brust, sie streichelt deine Haut, während du mir einen Blick zuwirfst und mir den Saphirring zeigst. Es ist der Ring des Königs. Er hat ihn dir zur Verlobung geschenkt. Sein Krönungsring gehört jetzt dir.
Der liebestolle König meint es ernst. Er drängt zur Hochzeit. Seine Ehe mit Marguerite von Valois lässt er trotz der päpstlichen Einwände in Rom auflösen. Er ist im Begriff, die größte Dummheit seines Lebens zu begehen, sagen die Leute und trotzdem ist er dazu entschlossen. Vielleicht wirst du in wenigen Wochen rechtmäßige Königin. Alles spricht dafür. Du bist zwar eine der schönsten, aber auch eine der am meisten gehassten Frauen deiner Zeit. Hast du die Schmähschriften gegen dich gelesen, die feindseligen Blicke gesehen, die Verwünschungen und die derben Scherze gehört? Der König ist ja ein braver Mann, meinen die Menschen auf der Straße, aber diese Hure wird uns ruinieren.

Auf dem Bild sehe ich auch eine Frau, die unscheinbar hinter dem Vorhang sitzt. Der Maler zeigt sie über eine Handarbeit gebückt. Sie näht an deinem Kleid und fragst du sie, wann Hochzeit ist, bekommst du eine Wahrheit zu hören, die du nicht erwartest. »Nimm dich in Acht«, würde sie sagen. »Dieses Bad könnte das letzte sein. Ich sehe ein Haus, das du nie zuvor betreten hast. Der Gastgeber ist für die Qualität seiner Speisen berühmt und für hohe Gäste kocht er sogar selbst. Kein verräterischer Duft hält dich vom Essen ab, die aromatischen Saucen erfrischen dich und die Erdbeeren schmecken besonders gut. Auch, wenn sie vergiftet sind.«

Gabrielle, du siehst dein Leben als erfüllt und glaubst daran, dass nur der Tod des Königs dein Glück verhindern könnte. Vom eigenen Tod und vor allem, dass er so früh kommen wird, weißt du nichts. Du hältst an der Hochzeit fest, die der König am ersten Sonntag nach Ostern angekündigt hat. Die Vorbereitungen dazu sind in vollem Gang, das Brautkleid ist genäht, der Blumenschmuck ausgesucht, aber diese Truhe mit dem geschlossenen Deckel ist vielleicht ein Symbol des Todes. Dieser sperrige Gegenstand, mit grünem Samt verhängt, steht hinter der Badewanne zum Greifen nah für dich. Ein Sarg wird dich umschließen noch bevor der Sommer kommt.

Der Wannenmörder

»Love, a chance«, rief der Zeitungsverkäufer in der Upper Queen Street. Inspector Neil kaufte das Blatt. An diesem Sommertag 1915 war an der belebten Straßenecke nichts über den italienischen Kriegsschauplatz zu hören, nichts über die Kriegsführung der Deutschen, sondern immer nur *love, love, a chance*.

Es gibt die Liebe, die grenzenlos glücklich macht. Wer niemanden für die Liebe hat, muss sein Liebesglück eben suchen. Die einen glauben nicht an das Glück, die anderen geben sich bei der Suche zu viel Mühe.
The News of the World berichtete von zwei Frauen, die auf ähnliche Weise ums Leben gekommen waren. Inspector Neil war damit beschäftigt, alle Heiratsannoncen der Boulevardpresse zu durchforsten, um Hinweise im Fall Alice Burn zu finden. Alice hatte nämlich zwei Monate vor ihrer Hochzeit das Institut Amorella angeschrieben und mit ihren Angaben – einschließlich des eigenen Vermögens – die Wünsche von Mr. Smith angesprochen. Unter dem Kennwort *Nur ernst gemeinte Zuschriften* lernte sie ihren Mörder kennen. Der Annonce war kleingedruckt hinzugefügt: *Jegliche Haftung sowie entstandener Schaden (durch Heirat) werden vom Institut nicht übernommen.*

Mr. Smith und Mrs. Burn hatten vor dem Sommer geheiratet. Smith zog es vor, zwei Zimmer in einer Pension zu mieten, statt in eine gemeinsame Wohnung zu ziehen. Eines Abends kam er mit einer Pralinenpackung nach Hause. Seine Frau half ihm aus dem Mantel und versuchte ihn zu umarmen. Er aber wich ihr aus, ging ins Wohnzimmer und nahm wortlos die Spielkarten aus dem Schrank. Er legte die Vier auf die Drei, die Drei auf den Buben. Dann rasierte er sich im Badezimmer, wo Alice ein Bad nahm. Sie band sich die Haare zusammen und erzählte etwas von ihrem geplanten Hausball und von den Leuten, die sie dazu einladen wollte. Jetzt hob sie den Kopf und schaute aus der Wanne zu ihm. Er aber wich ihren Blicken aus, beobachtete sie im Spiegel und wusste: nur über einen perfekten Mord führt der Weg zum Geld. Minuten später sah er ihre aufgerissenen Augen durchs Badewasser und meinte: Das hätten wir hinter uns – jetzt brauche ich einen Drink.

Die Ermittlungen liefen unter großem Druck. Inspector Neil hatte bereits aus diesem Verbrechen seine Schlussfolgerungen gezogen und mit einem ähnlichen Fall in Verbindung gebracht. Die Methode des Wannenmörders beruhte darauf, dass er keine Beweismittel zurückließ, und somit selbst den Pathologen ratlos machte.

Am Nachmittag parkte Neil den Streifenwagen vor der Pension in Highgate. Mrs. Clark, die Inhaberin der Pension, führte den Inspector durch den Vorraum in das Schlafzimmer. Auf dem Bett türmte sich die Wäsche der

Verstorbenen. Neil sah das Hochzeitskleid, das gefaltet auf dem Stapel lag, und versuchte, sich vorzustellen, wie die Eheleute hier gelebt hatten. Auf der Kommode entdeckte er die Visitenkarte einer Anwaltskanzlei und nahm sie an sich. Beim Öffnen der Badezimmertür wendete er sich an Mrs. Clark:

»Wann haben Sie Mr. Smith zuletzt gesehen?«

»Auf dem Begräbnis von Alice Smith.«

»Hat er Trauer gezeigt?«

»Das kann ich nicht behaupten.«

»Und wo ist er jetzt?«

»Keine Ahnung, tut mir leid Inspector.«

Dann bückte sich Neil und begann Länge, Höhe und Tiefe der freistehenden Emaillewanne zu messen.

Im Hinausgehen sagte er: »Ich lasse die Wanne aufs Revier bringen und das Haus bewachen. Guten Abend, Madam.«

Die Badewanne stand jetzt im Polizeibüro. Sie war am Boden nur 127 cm lang. Ohne Fremdeinwirkung konnte eine erwachsene Person in einer so kleinen Wanne unmöglich ertrunken sein. Noch dazu war sie nach den Aussagen der Vermieterin beim Auffinden der toten Mrs. Smith nur halb mit Wasser voll gewesen. Der Gerichtsmediziner hatte keine Anzeichen von Gewalt an der Toten feststellen können. Doch etwas entdeckte er: Der Befund wies auf einen fast augenblicklichen Tod wie bei einem Herz- oder Gehirnschlag hin. Das alles zusammen führte zu keinen klaren Schlussfolgerungen.

Von Miss Lauras Existenz hatte Neil erst vor kurzem erfahren. Sie war eine junge Berufstaucherin, die er zur Aufklärung der Morde angeheuert hatte. Auf der Fahrt zum Polizeipräsidium fragte sich Laura, was für ein Experiment das sein sollte, für das sie ihren Badeanzug brauchte. Kurz darauf betrat sie ein abgedunkeltes Amtszimmer. Vier Herren erwarteten sie. Neil forderte sie auf, sich in die Wanne zu legen, die halbvoll mit Wasser gefüllt war. Er stand hinter ihr, packte sie an den Schultern und versuchte sie unters Wasser zu drücken. Es gelang ihr, sich wieder frei zu machen. Er presste sie nochmals gegen den Boden der Wanne. Als sie sich erfolgreich wehrte, lockerte sich sein Griff. Sie hörte ein Gewirr von Stimmen. Sie schluckte, hustete und setzte sich auf:
»Sind wir fertig?« Ihre Frage blieb ohne Antwort. Neil trat einen Schritt zur Seite und nickte Spilsbury zu. Der Pathologe stand am Fußende der Wanne. Er zog mit einem einzigen Ruck die Fußgelenke hoch. Ihr Kopf glitt unters Wasser, schlug dumpf gegen das Wannenblech. Dann verlor sie das Bewusstsein.
»Verdammt noch mal, das reicht«, schrie Neil. Die Männer hievten die Taucherin über den Rand der Wanne und legten sie auf eine Decke. Der Arzt hatte alle Mühe, sie wieder zu beleben. Dann wurde sie in den nächsten Stuhl gesetzt. Man gab ihr eine Tasse Tee. Sie war bleich und ließ teilnahmslos die Fragen des Arztes über sich ergehen.
»Mit ihrer Hilfe haben wir einen Mordfall geklärt«, sagte Neil. »Ich danke Ihnen sehr. Behalten Sie Stillschweigen, solange wir nach dem Täter fahnden.«

Neil konzentrierte seine Ermittlungen auf den seit Tagen abgängigen Ehemann. Zwei Polizeibeamte wurden beauftragt, in den Restaurants und Pups von Highgate Befragungen durchzuführen. Außerdem beobachtete ein Polizist den Hauseingang der Rechtsanwaltskanzlei Dr. Winterstein. Wie sich nämlich herausstellte, hatte Alice Smith ihren Ehemann bedenkenlos als Alleinerben eingesetzt. Drei Monate lang wartete der zur Bewachung abkommandierte Polizist darauf, dass sich Mr. Smith mit dem Rechtsanwalt in Verbindung setzen würde, bis ihm an einem Novembertag auffiel, wie ein Mann mit Schnurrbart, auf den die Beschreibung Lloyd-Smith passte, das Gebäude in der Bondstreet betrat. Kaum, dass Smith die Kanzlei wieder verließ, sprang Neil, der vom Polizisten sofort verständigt worden war, aus dem Streifenwagen und versperrte ihm den Weg.
»Chief Inspector Neil. Sind Sie John Lloyd?«
Smith überrascht: »Was wollen Sie?«
»Sie sind aber auch George Smith.«
»Wie kommen Sie darauf?«
»Ein Londoner Heiratsinstitut hat mir mitgeteilt, dass Sie mit zwei Frauen verheiratet sind.«
»Das geht Sie nichts an.«
»Eine strafbare Handlung geht mich sehr wohl etwas an. Bigamie, Vorspiegeln falscher Tatsachen. Wir klären das besser in meinem Büro.«
Smith rückte seine Krawatte zurecht und sagte lächelnd: »Na gut, ein Mann braucht eben Abwechslung. Wenn Sie es unbedingt wissen wollen – ich habe zwei Namen, wegen der Frauen, die mir sonst Scherereien gemacht

hätten.« Neil nickte und wusste, dass er fündig geworden war.
Drei Stunden verhörte der Chief Inspector in seinem Büro George Smith. Zunächst nur wegen Bigamie. »Unglaublich, wie lange es gebraucht hat, bis ihm die Namen seiner Frauen eingefallen sind«, resümierte Neil. Die Ermittlungen ergaben, dass Alice Burn keinerlei Kenntnis von der anderen Ehe ihres Bräutigams gehabt hatte.
In den darauf folgenden Vernehmungen bestritt Smith energisch, den Tod seiner Frau verschuldet zu haben. Er gab zu Protokoll, dass er Alice einige Tage vor ihrem Ableben wegen eines epileptischen Anfalls zu einem Arzt hatte bringen wollen, was sie aber ausdrücklich ablehnte. Das einzige, was er sich vorwerfen könnte, wäre, nicht auf den Arztbesuch bestanden zu haben. Ein Medikament hätte ihr vielleicht das Leben gerettet. Neil ließ diese Aussage überprüfen und konnte Smith nachweisen, dass der langjährige Hausarzt von Alice Burn einen epileptischen Anfall seiner Patientin mit Nachdruck ausschloss.
Am Abend wurde Smith in das Versuchszimmer geführt und mit der Badewanne konfrontiert. Neil forderte ihn auf, zu dem Tauch-Experiment, das jetzt mit einer Puppe vorgeführt wurde, Stellung zu nehmen. Smith weigerte sich, die Szene bis ans Ende mitzuverfolgen und bestand darauf, in seine Zelle gebracht zu werden. Am nächsten Morgen gab er zu, seine Frau getötet zu haben.

»Ich änderte meine Namen und meine Geburtsdaten, wann immer ich es brauchte«, sagte Smith bei der Vernehmung. »In der Barkleys Bank habe ich als Laufbursche den Trottel gemacht. Man war unzufrieden mit mir, ich wurde entlassen. Das ist fünfzehn Jahre her. Ich hatte alle möglichen Gelegenheitsjobs, dann fragte ich mich: Was ist das für ein mieses Leben? Möbelpacker, Fensterputzer, Kellner – warum soll ich das machen? Es gibt genug Frauen, die Geld haben. Meiner Frau Alice erzählte ich, ich sei Vertreter der Firma Brown und müsse mit einer Stoffkollektion umherreisen. Sie glaubte mir. Wenn ich morgens das Haus verließ, achtete ich darauf, dass meine Schuhe poliert waren und ich ein sauberes Hemd trug, das sie mir vorher gebügelt hatte. Mit dem Musterkoffer und dem Regenmantel über dem Arm fuhr ich zu Margaret, meiner anderen Frau. Vor Jahren war ich mit Susan und dann mit Betty verheiratet. Susan war Lehrerin. Betty besuchte Kirchenveranstaltungen. Ich langweilte mich mit beiden. Mit Nelly? Nein, mit Nelly nicht, egal. Für Susan war ich unberechenbar. Betty hielt mich für niederträchtig. Ich hob ihr Sparbuch ab und verließ sie dann.«

Und da gab es Gilbert, mit dem George Smith im Halbdunkel seiner Wohnung die Abende nach einer Partie Golf oder Tennis verbrachte. Gilbert war viel jünger als er. Es tat ihm gut, was Gilbert sagte und wie er ihn zum Lachen brachte. Er liebte seine obszönen Einfälle, seine Art zu essen und sich anzuziehen. Er hatte ihm erst vor kurzem einen Taschenspiegel und eine Armbanduhr geschenkt, natürlich ein Schweizer Fabrikat mit großem Ziffernblatt und vergoldeten Zeigern. Als sich Gilbert die Uhr ums Handgelenk band, fragte er trotzig:

»Gehst du wieder zu deiner Frau?«

»Hör zu Gilbert! Ich liebe diese Frau nicht.«

Es war heiß im Bad. Gilbert stellte die Whiskygläser neben die Wanne und spielte mit dem Handtuch.

»Komm endlich!«, sagte George.

Gilbert zog den Bademantel aus: »Gib zu, George, dass ich heute gut war beim Golfen.« Dann stieg er in die Wanne. George setzte sich auf den Wannenrand und zündete sich eine Zigarette an. Er nahm den Aschenbecher von der Ablage, ließ aber den Jungen nicht aus den Augen. Der Zigarettenrauch vermischte sich mit dem Geruch der parfümierten Badetücher. Gilbert ließ heißes Wasser in die Wanne nachfließen. Er schloss die Augen, sein Gesichtsausdruck veränderte sich. Er legte die nassen Füße auf seine Knie.

»Nicht jetzt«, sagte George. Gilbert lachte, zog die Füße an und ließ sie so kräftig ins Wasser plumpsen, dass es hoch spritzte und George das Rauchen verleidete. Da kannte George keinen Spaß. Er drückte die Zigarette aus, packte Gilbert bei den Fersen und zog sie blitzartig in die Höhe.

»Du bettelst ja darum«, sagte er, als Gilbert mit dem Kopf nach unten in die Wanne rutschte. Das Wasser drang in die Kehle. Er konnte nicht atmen. Das hatte er nicht gewollt. Er riss ihn aus der Wanne.

»Bist du wahnsinnig? Du bringst mich um!«, schrie Gilbert. »Mach so was nie wieder!«

Smith saß im Gefängnis von Maidstone. Schließlich hatte er bei seiner letzten Vernehmung auch den anderen Wannenmord zugegeben. Er sei im Badezimmer seines Freundes dazu angeregt worden, sagte er ohne Bedauern. Die Geschworenen befanden ihn für schuldig. Obwohl der Richter die Höchststrafe verhängt hatte, verzichtete Smith auf Berufung.

Vanitas

Auf meinen Orientierungssinn ist wenig Verlass. Der Weg durch fremde Straßen prägt sich mir nicht ein und in labyrinthischen großen Häusern verirre ich mich leicht. Will mir jemand einen Weg erklären, höre ich nicht zu. Wie soll ich mich hier zurechtfinden?, fragte ich mich auf meinem Irrweg durchs Krankenhaus, in dem ich mich einige Tage lang aufhalten musste. Da ich die Türen verwechselte, stieß ich auf ein Zimmer, in das ich sonst nicht hineingegangen wäre. Es machte mich befangen und ernüchterte mich zugleich. Behandlungsraum oder Badezimmer? Grelles Deckenlicht, Haltegriffe aus Stahl, sichtbare Rohre – und an der Wand eine Wanne aus rutschfestem Kunststoff. Ich sah ihr schäbiges Grün, der Geruch von Desinfektion schlug mir entgegen. Ich stellte mir vor, diese Wanne wäre für mich bestimmt. Wellness ist hier nicht vorgesehen. Wer hier liegt, wird gründlich abgespült, präpariert fürs Bett oder für die Bahre. So einfach ist das. Ich dachte, es gebe kein Entrinnen, und hatte jetzt wieder den Totentanz vor Augen, einen Holzschnitt von Hans Holbein, eines dieser Vanitasbilder, das in der Praxis meines Hausarztes hing, um den Patienten den Spiegel der Vergänglichkeit vorzuhalten.

Saikos Badewanne

Das letzte Buch des 1892 in Böhmen geborenen Georg Saiko enthält zwei Erzählungen aus den beiden Weltkriegen. Gemeinsam ist ihnen die Reflexion über das Böse, das Unfassbare, das Widersinnige militärischer Erfolge. In einer dieser Episoden erinnert sich ein ehemaliger Leutnant Jahre später an das Geschehene und beschwört mit bildhaften Details seine Erlebnisse an der Front herauf.

Der General ist schon auf dem Rückzug und bereits weit davon entfernt, ruhmreich in die Geschichte einzugehen. Das wäre nichts Ungewöhnliches, aber der Herr General hat einen sonderbaren Wunsch, er braucht eine Badewanne, natürlich nicht für sich, sondern für die Dame, die ihn besuchen soll.
»... der springende Punkt, das ausschlaggebende Hindernis war also nicht die Unbequemlichkeit, obzwar – bitte sehr ... wie werde sich das mit dem pot de chambre abspielen? Aber natürlich, dafür gab es ... wozu hatte er schließlich die vielen Soldaten, ein General, der eine ganze Brigade nach Hause führte. Aber ohne Badewanne, o h n e Badewanne – –? Zweimal schon war die Dame zurückgeblieben, vielleicht wäre es möglich, sie nachkommen zu lassen, wenn die Grundbedingung ... wie gesagt, alles andere war in reichem Maße vorhanden, Salben und Tiegel und Wässer in allen Regenbogenfar-

ben verläßlicher Pariser Herkunft, (…) aber vielleicht dachte die Dame mehr an den General als an sich selber, vielleicht war ihr der General in gebadetem Zustand erträglicher.«

Der General wäre entschieden umgänglicher, wenn die Dame hier wäre, sagt der Adjudant, der täglich mit ihm zu tun hat. Eine Badewanne würde also auch seinen Dienst erleichtern. Der Leutnant – er spielt die Hauptrolle in dieser Geschichte, begreift sofort. Er sieht seine Chance und reagiert. Er ist der Einzige, der noch Überlebende in seiner Truppe hat und die Badewanne auftreiben kann. Eine Badewanne, das wird doch kein Problem sein.

Wer ist dieser Leutnant eigentlich? Ein Träumer, ein Phantast, ein Verrückter, ein Sonderling? Dem General ergeben; naiv, scheu, abhängig, unwissend, verquält, geplagt, eifrig, empfindlich, melancholisch, rücksichtslos, ruhelos, süchtig nach Anerkennung, einer, der bedenkenlos seine Truppe dazu bringt, ins Feuer hineinzumarschieren? Vielleicht sind es nur die Phantasien des Herrn General, die ihn aufreizen und die er sich zu eigen macht, denn es gibt doch nichts Erregenderes, als auf dem Feldlager die Geliebte zu erwarten. Sollten die Leidenschaften recht haben, dann ist eine Badewanne auf dem Schlachtfeld ein Genuss und ihre Beschaffung wird zur Mission. Die Dame des korpulenten Generals wünscht eben keinen Körpergeruch – weder den eigenen noch den fremden. Ganz anders Napoleon. Er reiste vom Feldlager zur Kaiserin. In einer Depesche fasste er sich kurz: »Wasche dich nicht, ich komme.«

In Saikos Geschichte ist aber der General kein Napoleon und der Leutnant – außer über eine Kommandostimme verfügt er über nichts – streift herum, sucht in Gutshöfen nach einer Badewanne und macht sich bei seinen Leuten lächerlich, denn die haben für diese eigenwillige Unternehmung nur wenig Verständnis.
»Er sieht hauptsächlich nur Badewannen«, sagt man ihm nach. Oder: »Er hat wieder 'ne Badewanne ausfindig gemacht. Diesmal braucht er zwei Kompanien, um sie zu erobern.«
Was verspricht er sich davon? Eine Vergünstigung? Eine höhere Charge? Dass ihm vielleicht später ein größeres Risiko erspart bleiben würde? Persönliche Vorteile allein machen diese leidenschaftliche Suche nicht verständlich. Will er die Schrecken an der Front ausblenden und vom General, der ihn nicht einmal wahrnimmt, nur ein wenig beachtet werden? Braucht er Lob, ein wenig Zustimmung? Oder will er sich – er ist ja vom Verlangen des Generals geradezu besessen – von seinen eigenen Wünschen und Utopien befreien?

Eine Erklärung ist uns Saiko nicht schuldig. In diesem geschichtlichen Zeitabschnitt und in dieser unwirklichen Umgebung gibt es keine Erklärungen. Nichts ist mehr so, wie es war. Alles zerbricht, alles zerfällt, alles scheint aussichtslos und der Willkür preisgegeben. Die Kompanie ist am Ende. Ein ganzes Bataillon liegt tagelang bei Regen in der schlammigen Erde, doch der General hat für die geschundenen Soldaten nur einen verächtlichen Blick. Und wer weiß, was der Herr General noch alles

anrichten würde, wenn er nicht schon auf dem Rückzug wäre.
Und der Leutnant? Inmitten des Grauens macht er sich zum Erfüllungsgehilfen für privates Vergnügen und setzt der Lust ein Denkmal. Ob es im Krieg sinnvoll ist, nach einer Wanne zu suchen, fragt er sich nicht. Dafür beobachtet er durchs Fernglas den General in der Türöffnung seines Eisenbahnwaggons. Dieser Waggon fällt durch seine Größe auf. Dort wohnt der General, dort verbringt er seine Nächte, in denen er nicht schlafen kann und vergebens auf eine Dame wartet, auf sie allein. Welche Rolle spielt da eigentlich der Leutnant, wenn er versucht, sich in die Phantasien des Mächtigen einzumischen? Vielleicht bezieht er daraus Trost, dass es dem Mächtigen auch nicht anders geht, dass auch der General ziemlich einsam ist in seinem absurden Wunsch nach einer Wanne.
»Keine Täuschung: drüben stand DER ANDERE im Türausschnitt (immer morgens und zu Beginn der Mittagsrast), sie hatten einander im Blickfeld, unmöglich, dass Er nicht wußte, wer IHM gegenüber so viel aufmerksamstes Interesse bewies, dass ER nicht Erkundigungen eingezogen hatte. Litten sie nicht dasselbe, als sei der gleiche leere Raum über sie beide gestülpt, den mit Phantasien auszufüllen immer schwieriger wurde?«

Der General wird uns nicht in Siegerpose hoch zu Ross vorgestellt, sondern im Türspalt seiner Behausung. Muss er immer noch gefürchtet werden? Wäre es denn möglich, dass unter gewissen Umständen die gemein-

sam erlebte Niederlage mit ihren sinnlosen Strapazen und Verlusten diese läppisch gewordenen Rangunterschiede aufhebt? Noch ahnt der Leutnant nichts von der Vergeblichkeit seiner Anstrengungen. Als die Feldbahn wieder einmal auf der Strecke stehen bleibt, entdeckt er, dass die Tür zum Waggon des Generals offen ist. Jetzt scheint es ihm möglich, den mächtigen Mann anzutreffen, aber da scheitert er an dem gepflegt aussehenden Stabsgefreiten, der ihn amüsiert zurückweist. Kurz darauf wird er von dem um zwei Dienstgrade höher gestellten Hauptmann gedemütigt. Und es sind nicht nur die aus geschmeidigem Leder gefertigten Stiefel des Herrn Hauptmanns, an denen der Leutnant seine eigene Unterlegenheit spürt.
Und die Dame, wo ist sie? Dass sie nachkommt, ist inzwischen kaum mehr zu erwarten, sie wird schon anderswo eine Wanne ausprobieren. Trotzdem besteht noch eine geringe Chance, die auf jeden Fall genützt werden muss.
Als es dem Leutnant letzten Endes gelingt, diesen privaten Luxus für den General zu beschaffen, ist der Preis im Sperrfeuer hoch und die Enttäuschung bitter. So wird die abtransportierte Wanne zum Spott für die Toten.

»Es war also nichts weiter als eine der üblichen Rückzugsschießereien gewesen, eine Kleinjagd auf ein Dutzend Plünderer, und hatte mit der Absicht die Wanne herbeizuschaffen, überhaupt nichts zu tun. (Obwohl die Leute sie völlig unvorhergesehen in etwas zu gewagtfeierlicher Parodie daherbrachten, zwei trugen die Wanne an der durchgezogenen Stange und hinterher ging der Trompeter und blies den Hochzeitsmarsch.) (…) Und jetzt zog der Leutnant das Meßband hervor, das er eigens für die Badewanne immer in der Hosentasche trug, und begann sie auszumessen, einen Meter siebzig lang und fünfundachtzig breit, die würde im Waggon zwischen Bett und Fenster gerade Platz finden, vielleicht daß der Toilettetisch ein wenig zur Seite gerückt werden mußte. Außen und innen glänzend weiß lackiert, ein Prachtstück, vermutlich Eichendauben, die Tragstange wie neu und eine Reservestange, die dort, wo sie mit den Handgriffen in Berührung kam, etwas abgescheuert war.«

Nach der Eroberung des Gutshofes werden am nächsten Morgen die Toten abtransportiert. Der Leutnant verdrängt jeden Gedanken an die schwer erkämpfte Badewanne und tut so, als hätte dieses getarnte Unternehmen gegen Plünderer und Partisanen nie existiert. »(…) als stünden die Toten mit der Wanne in einem Zusammenhang, den man niemals zugeben, ja unter gar keinen Umständen für möglich halten durfte.« Trotzdem, Jahre später ist ihm klar: Die Badewanne war ein Erfolg. Na bitte schön. Das hat sich doch gelohnt. Gratulation! Aber der Glückwunsch gilt nicht ihm, sondern dem Hauptmann, denn schließlich ist die Wanne, die für die Absurdität eines Krieges steht, unter seinem Kommando zum General gebracht worden.

Penelope

George hatte seine Polypex-Badewanne zu einem Boot umgebaut, grün lackiert und *Penelope* getauft. Warum nicht zur Nachbarinsel paddeln? Schließlich gelang es ihm, Gabrielle zu überreden, seine Einladung anzunehmen.

Heute Morgen saß er in seinem Wannenboot und hob die Hand zum Victory-Zeichen. Es gibt kein Zurück mehr, hielt Gabrielle im Notizbuch für die Nachwelt fest. Sie blickte durch ihre Sonnenbrille auf den Kanal, der – vom Ufer aus schlecht einsehbar – am Ende der Bucht zwischen den Felsen und Klippen ins Meer mündet. Er tauchte das Paddel ins Wasser, und obwohl noch Windstille herrschte, begann *Penelope* sich quer zu stellen und sich zu drehen. Vor den Sirenenfelsen zu kentern, wäre ein Pech, ein Missgeschick, sagte George, wobei er die Betonung auf Geschick legte, während er versuchte, die Wanne zu lenken und Abstand zu den Felsen zu halten. *Penelope* durch die Wellen führen, heißt navigieren, auch für den Ernstfall der Zweisamkeit.

»Uns fehlt eine GPS-Navigation, damit könnten wir offen sein für die übrige Welt.«
»Das sind wir ohnehin«, sagte er »vom Satelliten aus gesehen, liegt hier alles offen durcheinander: Taschentücher, Lippenstift, Schirmkappe, sogar deine Notizen sind hier ausgebreitet.«

Was wird das bloß? Ich halte die Brise für einen Sturm, er hält den Sturm für eine frische Brise. Die Wellen, die auf uns zukommen, schlagen gegen die Wanne, es wird immer schwieriger, den Kurs zu halten. Schreiben bis zur Selbstaufgabe, notierte sie durchnässt, den Umriss des Rettungsringes vor Augen. Fehler in Unkenntnis der Wetterlage zeigen uns, dass es nicht so weitergeht.
»Hast du die Wettervorhersage nicht gehört? Wenn der Wasserdruck den Verschluss aus dem Abfluss drückt, haben wir die Bescherung.«
Er war jetzt schweigsam und als sie sich umdrehte, konnte sie sehen, wie er die Oliven für sie bereithielt, während er den Seetang hinunterwürgte.
»Willst du die Oliven?«
»Nein!«
»Ein Stück Melone?«
»Nein! Das Schaukeln ist grauenvoll. Und du meinst, ich kann das aushalten?«

Es war später Nachmittag, als sie die Insel erreichten. Das Meer lag jetzt ruhig im gleißenden Licht. Nach dem Knirschen und Rumpeln beim Anlegen vermerkte sie: Zu meiner Überraschung baden Goten, Briten und Hunnen hier. Sie bevölkern mit ihren Schnorcheln und Harpunen die Bucht. Frauen und Männer hocken unter den Lorbeersträuchern und werfen ihre wertlos gewordenen Aktien ins Feuer. Sie schauen feindselig zu uns herüber. Der Häuptling in Cowboystiefel hält uns für Eindringlinge.
»Was willst du gegen ihn ausrichten?«

Jedenfalls war das kein Ort, wo Gabrielle länger bleiben wollte. Eigentlich wollte sie die Meeresgrotten sehen.

»Pannen gehören eben zur Seefahrt«, behauptete George, während er faustgroße Kiesel ins Wasser schleuderte.

»Fahren wir zurück.«

»Die Wanne hat jetzt schon Kratzer und Dellen, als wären wir durch das Packeis gesegelt.«

»Mach dir keine Sorgen. Die Wanne ist robust«, sagte er und schob sie ins Wasser.

»Ich habe sie in deiner Lieblingsfarbe lackiert. Ich wollte immer, dass du sie bewunderst. Penelope und wir – wir sind eins.«

Triumphierend blickte er auf den zurückgelegten Seeweg.

»Nach dieser Bewährungsprobe werden wir *Penelope* nicht verschrotten. Wenn der Winter kommt, ziehen wir sie ans Ufer und bringen sie ins Bootshaus zurück.«

Aber jetzt steht die Wanne als Pflanzentrog vor dem Holzsteg eines Ruderclubs, erreichbar über einen Sandweg, der zu den Häusern führt. Sie ist ein wenig im Boden eingesunken und mit weißen Blumen überwachsen – ein Vorgarten zum Meer.

Aufgewacht in der Badetasse

die blauen Schriftzeichen
auf dem Boden
zeigten mir
wer im Traum
für mich gesprochen hatte
eine Schwalbe
die übers Teewasser flog
ließ Seidenstrümpfe fallen
die Gärtner in den Hecken
pflückten
Rosenblätter

Wannenverzeichnis

> »Aus Sinnlichkeit ist das Baden nie,
> aus Notwendigkeit für den Körper
> allzeit erlaubt.« (Papst Nikolaus I.)

Agamemnon wurde nach seiner Rückkehr aus Troja von seiner Frau Klytaimnestra und ihrem Geliebten Aigisthos in der Badewanne erschlagen.

Ambras: Philippine Welsers Badewanne im holzgetäfelten Zimmer auf Schloss Ambras gilt als Rarität. Ambras war übrigens das Lieblingsschloss von Thomas Bernhard. In seinem Buch *Amras* verwandelt er das Schloss in einen Turm: »Der Turm war uns aus der Kindheit wie kein anderes Tiroler Gebäude vertraut (...)«

Badefrust:
»so wurd das wasser im badwarm
das schmeckt dann so elend arm.
H. SACHS II. 4,69c«
(Deutsches Wörterbuch von Jacob
und Wilhelm Grimm)

Badesalz »Bellamnion«: »Zwei Löffel davon in die Wanne bewirken, dass das Badewasser dieselbe chemische Zusammensetzung wie Fruchtwasser hat. Es enthält Elektrolyte, Glucose, Lipide, Proteine und Eiweiß in genau der Menge und dem Verhältnis wie die Flüssigkeit, in der wir neun Monate lang geschwommen sind.« (Robert Menasse: Don Juan de la Mancha. Frankfurt am Main 2007)

Badeszene mit Romy Schneider und Michel Piccoli in *Trio Infernal* (Frankreich/BRD/Italien 1974, Regie: Francis Girod).

Badeverbot: konnte als Kirchenstrafe verhängt werden. Auch in der Karwoche und an Fasttagen galt das Baden als frevelhaft. Bischof Reginard von Lüttich war stolz darauf, am Ende seines Lebens verkünden zu können: »Ich habe nie gebadet!«

Badewasser: »Er geht ins Badezimmer, das Wasser steht noch in der Wanne. Ein bisschen ist weggesickert, so dass die Wasseroberfläche sich jetzt einen Zoll breit unter einer leicht grauen Linie längs der Emailwand spannt, aber trotzdem ist die Wanne noch mehr als halb voll. Eine schwere, stille Masse, dies Wasser, ohne Geruch, ohne Geschmack, ohne Farbe, sie entsetzt ihn wie die Gegenwart einer schweigenden Person im Badezimmer. Reglosigkeit überzieht die Oberfläche mit toter, starrer Haut. Sogar Staub scheint sich darauf gesammelt zu haben. Er krempelt den Ärmel auf, taucht die Hand hinein und zieht den Stöpsel heraus.« (John Updike: Hasenherz. Hamburg 1960)

Baldachin: Die Badewanne als Ort der Schönheitspflege für Gabrielle d'Estrées, Favoritin des Königs Heinrich IV.

Bierverkostung: »Bei der Besichtigung [der Puntigamer Brauerei] war er [Brenner] aber noch nüchtern, und da sind sie in eine riesige Halle geführt worden, so groß wie ein Hallenbad und alles verfliest. Aber kein Schwimmbecken, sondern eine Badewanne neben der anderen, weil da lagert das Bier, bis es reif ist.« (Wolf Haas: Komm, süßer Tod. Hamburg 2006)

Bombastisches: Wannen in Rom, Piazza Farnese. Vor dem Palast Farnese stehen zwei sechs Meter lange antike Wannen aus grauem Granit. Die Ringe und die Köpfe der Löwinnen sind gut erhalten. Denkbar ist es, dass sie aus den Caracalla-Thermen stammen. Auf Wunsch Paolos II. und des Kardinals Alessandro Farnese wurden sie auf den Marktplatz transportiert. Beide Wannen werden jetzt als Brunnen benutzt.

Bühne: Im Rahmen der Uraufführung der Opernparodie in drei Akten *Neues vom Tage* von Paul Hindemith 1929 in Berlin wurde zum ersten Mal eine Badewanne auf der Bühne eingesetzt.

Drehrichtung: Über die Drehrichtung des abfließenden Badewassers haben sich schon einige Physiker den Kopf zerbrochen. Angeblich sollen dafür mehrere Faktoren entscheidend sein. Dank den Berechnungen eines tüchtigen

Mathematikers könnte man allerdings in einer Badewanne mit dem 500-fachen Volumen den Effekt der Corioliskraft zuverlässig nachweisen. In solch einer gigantischen Badewanne lese ich, würde auf der Nordhalbkugel das Badewasser gegen den Uhrzeigersinn und südlich des Äquators im Uhrzeigersinn abgelenkt werden.
Von einem selbst vorgenommenen Experiment in meiner Badewanne entmutigt, frage ich mich, ob sich die Sterne im Universum rechts- oder linksherum drehen?

Eingebaute Badewanne: Erst 1920 war es möglich, die gegossene, emaillierte, doppelwandige Wanne serienweise herzustellen.

Farblichttherapie: verschiedene Programme wechselnder Farben sorgen für Ruhe, Entspannung oder Anregung in der Badewanne.

Frage an einen Schriftsteller: »›Wie kommen Sie auf Ihre Ideen?‹ – ›IN DER BADEWANNE!‹« (Daniel Kehlmann: Ruhm. Hamburg 2009)

Galerie: Beach-, Bahamas-, Easy-, Ego-, Lotus-, Luna-, Capri-, Como-, Happy-, Haway-, Nostalgie-, Niagara-, Riva-, Venus-, Feng Shui-Badewannen.

Gebetbuch: Von 1570–1580 wurde der Kodex von St. Truiden in einem niederländischen Kloster angefertigt. Er illustriert ein Motiv der Versuchung – Mann und Frau mit verschränkten Beinen in der Badewanne.

Glasbadewannen: werden aus gehärtetem Glas hergestellt, das man auch für große Aquarien verwendet.

Goldene Badewanne: 2005 wurde an der Hamburger Staatsoper im Rahmen der Inszenierung von Friedrich Händels Oper *Julius Caesar* eine goldene Badewanne für Kleopatra installiert.

Hamam: »Genehmige mir jetzt ein Bad: saubere Wanne Wasser, kühle Emaille, der sanfte lauwarme Strom.« (James Joyce: Ulysses. Frankfurt am Main 1981)

Hofburg: Kaiserin Elisabeth konnte die verzinkte Badewanne von den im Türrahmen befestigten Ringen mit einem Sprung erreichen.

Holzbadewanne: Vorbild ist der japanische Tauchzuber, kürzer und höher als die europäische Wanne. Man sitzt beim Baden aufrecht und taucht bis zum Kinn ins Wasser ein. Die Wannen sind aus wasserfesten Hölzern, beispielsweise aus Zeder, Teak, japanischer Zypresse oder aus Schwarzkiefer, die angenehm duftet.

Ibsen-Museum: Nachdem Henrik Ibsens Badewanne verschollen war, wurde sie auf einem Bauernhof nördlich von Oslo gefunden. Dort verwendete man sie als Wassertrog für Kühe. Jetzt steht sie im Museum im Weg herum.

Klauenfüße: Merry, das verwöhnte Kind einer angesehenen Familie, wird zur Terroristin. Der Vater ist auf der Suche nach seiner Tochter: »Er konnte nicht sagen, dass er die Badewanne mit den Klauenfüßen hasste, in der er sie so oft gebadet hatte, nur weil sich jahrzehntealte Ablagerungen des kalkhaltigen Brunnenwassers in Streifen auf der Emaille und einem Ring um den Abfluss festgesetzt hatten. Er konnte nicht einmal die Toilette hassen, deren Spülung sich jedes Mal nur mit viel Geschick zum Stillstand bringen ließ, nicht, wenn er daran dachte, wie sie davor gekniet und sich übergeben hatte, während er neben ihr gekniet und ihre klamme kleine Stirn gehalten hatte.« (Philip Roth: Amerikanisches Idyll. Hamburg 2002)

Kunstobjekte von Joseph Beuys:
Unbetitelt (Badewanne), 1960 (Emaillewanne mit Untersatz, Heftpflaster und Mull*)
Badewanne mit Tauchsieder, 1961
Jason II, 1962 (Zinkwanne, Jasonkopf, Holz, Draht)
Raum 90.000 DM, 1981 (eine mit Wasser gefüllte, außen mit Ton ummantelte Badewanne)
Badewanne für eine Heldin, 1984

Lebensstil: Wannen für die Oberschicht wurden im 18. Jahrhundert in England erzeugt. In Frankreich wie im übrigen Europa galt die Berührung der Haut mit Wasser immer noch als gefährlich.

---

* Beuys Empfehlung in Zusammenhang mit dem Mull in der Badewanne: »Wenn man sich geschnitten hat, soll man nicht den Finger verbinden, sondern das Messer.«

Litauen: »Es scheint die Sonne. Der Himmel ist blau, eine Badewanne steht in der Wiese, und im nächsten Moment kann es regnen.« (Titel einer Fotografie von Petra Rainer)

Luxuszug: Im Jahr 1900 zählte die Transsibirische Eisenbahn mit Badeabteil zu den Attraktionen der Pariser Weltausstellung. In den Anfangsjahren des »Sibirien Express« waren die Waggons mit herunterklappbaren Badewannen ausgestattet. Vierzehn Tage dauerte damals eine Fahrt von Moskau nach Wladiwostok.

Marmor: »Zwischen den Büschen stehen einige Badewannen. Dieser leuchtende weiße Marmor, denke ich, könnte dem kleinasiatischen Aphrodisias entstammen, ein Zentrum, das damals Marcus Antonius unterstanden hat und die halbe Welt mit Marmor versorgte. Total zeitgemäß stehen diese Badewannen da. (…) Auf versunkenen Landzungen wurden Trümmer ihres [Kleopatras] Palastes entdeckt, Säulenelemente, auch Sarkophage, überhaupt Teile des ehemaligen Königsviertels: Goddio spürte Tonkrüge auf, Badewannen, Münzen, Pflastersteine, Besteck, Schmuck, sowie Knochen – auch die Gräber der ptolemäischen Pharaonen waren hier zu Badewannen geworden.« (Dine Petrik: Bibliotheca Alexandrina. Unterwegs auf Weltwunderboden. Wien 2005)

Marmorbadewanne: Der tägliche Wasserverbrauch eines Bürgers im antiken Rom soll zwischen 700 und 1000 Liter betragen haben.

Mobile Badewanne: Als der Franzose Roger 1822 ein Patent auf seine Erfindung erhielt, sollte der Badekarren eine wichtige hygienische Einrichtung in Paris und in anderen Großstädten werden. Eine transportable Badewanne wurde dem Kunden in die Wohnung gebracht und das heiße Wasser in Eimern zur Wanne getragen. Goethe schrieb an seine Frau, sie möge doch die entliehene Badewanne mittels eines Karrens dem Eigentümer zurückbringen.

Napoleon: »Das Baden war ihm eine regelrechte Leidenschaft: Er verbrachte zwei bis drei Stunden in der Wanne, ließ sich dort die Zeitungen vorlesen und Pamphlete, die ihm die Polizei gemeldet hatte. (…) Aufmerksamkeit schenkte Bonaparte ohnehin nur englischen und deutschen Blättern. Wenn Bourienne den Namen einer der zehn oder zwölf französischen Zeitungen jener Zeit nannte, sagte er: ›Weiter, weiter, die drucken nur das, was ich ihnen erlaube.‹« (Alexandre Dumas: Der Graf von Sainte-Hermine. München 2009)

Odyssee: Telemachos, Sohn des Odysseus, kehrt nach Ithaka zurück. Im 17. Gesang ist die Rede von »schön geglätteten Wannen«. Im 3. Gesang kommt Telemachos auf der Suche nach seinem Vater an den Hof des Nestor in Pylos. Nestors jüngste Tochter bereitet ihm ein Bad: »Und aus der Wanne stieg er darauf, den Unsterblichen ähnlich.«

Palast von Knossos: Die bemalte Wanne der Königin aus gebranntem Ton gilt als eine der ersten ihrer Art. Die Wanne auf Kreta gab es bereits 2000 vor Christus. Sie wurde von den Griechen übernommen und entspricht der Beschreibung des mykenischen Bades, wie die Helden Homers es benutzten.

Performance: Elke Krystufek hatte zur Eröffnung ihrer Ausstellung in der Kunsthalle Wien 1994 ein weißes Badezimmer einrichten lassen, wo sie vor den Besuchern masturbierte und dann ein Schaumbad nahm.

Porzellanbadewanne: Für das englische Luxus-Badezimmer um 1900 wurde sie in Einzelanfertigung hergestellt.

Purismus: Das Badewannenmodell von Philippe Starck ist kubisch, archaisch, puristisch. Hat der Designer jemals selbst darin gebadet?

Rasputin:
»Der Abonnent: (…) In der ganzen Entente hab ich mir sagen lassen is kein Badezimmer.
Der Patriot: No das is übertrieben, haben Sie nicht gelesen die Zarin in der Badewanne?
Der Abonnent: No ja, aber sie hat sie bekanntlich mit Rasputin teilen müssen.«
(Karl Kraus: Die letzten Tage der Menschheit, Wien 1919)

Schrankbadewanne: Eine mit Badeofen ausgestattete und aufklappbare Wanne ohne Wasserleitung. Sie war in amerikanischen Stadtwohnungen um 1890 zu finden, später auf den Farmen.

Schwefel: Neros Badewannen im Goldenen Haus des Kaisers wurden mit Meer- und Schwefelwasser gefüllt.

Seegrün: Um das Jahr 1900 wurden nach amerikanischen Angaben auch farbige Wannen angefertigt.

Selbstbetrachtung: »Was siehst du beim Baden? Öl, Schweiß, Schmutz, klebriges Wasser – lauter widerliche Dinge. Von eben der Art ist jeder Teil des Lebens und alles, was darin vorkommt.« (Marc Aurel, Selbstbetrachtungen 8, 24)

Sonderformen: »Suchen Sie eine Badewanne? Über 1000 Badewannen im Online Shop.«

Steinbadewanne: Die schwersten und teuersten Modelle sind aus Sandstein- oder Marmorblöcken gehauen.

Todesarten I: Paul Watzlawick (Psychotherapeut, Philosoph und Autor von *Anleitung zum Unglücklichsein*) starb 2007 auf ähnliche Weise wie Marcel Duchamp im Badezimmer.

Todesarten II: Seneca starb in der Wanne liegend, nachdem ihm Kaiser Nero mitteilen ließ, er wünsche seinen sofortigen Tod. Mit äußerster Ruhe hielt sich der Philosoph, der zu sagen pflegte, »ich werde vor dem letzten Augenblick nicht zittern«, an diesen Befehl.

Traktat: »Auf dem Rand der Badewanne sitzend, erklärte ich Edmondsson, es sei möglicherweise nicht sehr gesund, im Alter von siebenundzwanzig, bald neunundzwanzig Jahren, mehr oder weniger zurückgezogen in einer Badewanne zu leben. Ich müsste das Wagnis eingehen, sagte ich mit gesenktem Blick und streichelte dabei über das Email der Badewanne, das Wagnis, die Seelenruhe meines abstrakten Lebens aufs Spiel zu setzen (...) « (Jean-Philippe Toussaint: Das Badezimmer. Frankfurt am Main 2004)

Ungezieferwinkel: »Ich habe das Landhaus (gemeint ist dasjenige von Scipio) und (darin) das Bad gesehen, eng und dunkel [...]: jetzt aber nennt man <alle> Bäder ›Ungezieferwinkel‹, wenn sie nicht so angelegt sind, dass sie die Sonne des ganzen Tages durch riesige Fenster aufnehmen (einlassen), wenn sie (die Badegäste) sich nicht gleichzeitig waschen und bräunen <können> <und> wenn sie nicht von der Badewanne aus das Land und das Meer betrachten <können>.« (Aus einem Brief von Seneca: Lucilium epistulae morales, 4 und 8)

Vita Activa: »Die Wanne mit dem bequemen Einstieg«

Wachsfigurenmuseum: Jean-Paul Marats verzinkte Badewanne habe ich in Paris, im Museum Grévin, gesehen. Dass sie so klein ist wie heutzutage eine Kinderwanne, überraschte mich.

Werkstoff: Die Firma Polypex gilt als Erfinder der Acryl-Badewanne. Made in Austria.

Wettfahrten in Badewannen auf Flüssen und in Lagunen (beispielsweise auf der Saale, auf dem Yukon River, in einer Nordsee-Lagune).

»**Yes, we can**«: Howard Taft gewann 1908 die Wahlen um das Präsidentenamt der USA. Für den übergewichtigen Präsidenten musste im Weißen Haus eine Spezialbadewanne installiert werden.

kleiner wannensee

Ginka Steinwachs*

mein badezimmer heisst »kleiner wannensee«. den großen kennt und besucht im sommer ganz berlin. da ich die großen grünpflanzen nirgends anders unterbringen konnte, ist es neuerdings auch ein plantarium. mit dem planEtarium hat es die ausrichtung auf den himmel (über berlin) gemein. darin die goldenen kuppeln der synagoge. es sind drei. mutter kind und kind. dieses blickes – über das andreaskreuz der strassen hinweg – auf das heilige wegen, habe ich die wohHnug wohLung Lichtung ausgesucht. entspannung in der linkskurve. und so liegen wir denn warm im bade, während die goldenen K der S vor unserem auge halbkreise ins grau des himmels schlagen. soweit berlin.

ableger der berliner wanne ist die von biniluz, ein badeschiff mit mast & segel mitten im grünen. weit & breit als T-raum-boot der liebenden und der liebe gerühmt. sie ist der terrasse mit clementinen überlegen und den blühenden glyzinien unterlegen, also ein gedicht. selbiges habe ich lisa fritsch auf den leib geschrieben. und bekräftige die widmung anläßlich ihres geburtstages noch.

---

* Die Dichterin genießt in ihrer Berliner Wohnung von der Badewanne aus den Blick auf die vergoldete Kuppel der Synagoge.

Literatur

Arendt, Hannah: Wahrheit und Lüge in der Politik. München 1972

Baentsch, Wolfram: Der Doppelmord an Uwe Barschel. Die Fakten und Hintergründe. München 2006

Bankhofer, Hademar: Gesundheit aus der Badewanne. Kuren und heilen mit Wasser. München, Zürich 1984

Beise, Arnd: Charlotte Corday. Karriere einer Attentäterin. Hitzeroth, Marburg 1992

Burcardus, Johannes: Alexander VI. und sein Hof. Nach dem Tagebuch seines Zeremonienmeisters. Hrsg. von Ludwig Geiger. Stuttgart 1912

Conran, Terence: Die neuen Bäder. Räume zum Wohlfühlen. München 2004

Geretseeger, Heinz und Peinter, Max: Otto Wagner, 1841–1918. Unbegrenzte Großstadt – Beginn der modernen Architektur. Salzburg–Wien 1983

Giedion, Sigfried: Geschichte des Bades. Hamburg 1998

Greisler, Beate: Charlotte Corday – Die Mörderin des Jean-Paul Marat. Ein literarischer Diskurs über die Furcht. Bielefeld 1992

Hagen, Rose-Marie und Rainer: Meisterwerke im Detail. Band 1, Köln 2005

Holzer, Anton: Prädikat: hässlich. In: Ist es hier schön. Landschaft nach der ökologischen Krise. Hrsg. von Anton Holzer und Wieland Elfferding. Wien 2000

Kalinka, Werner: Der Fall B.: Der Tod, der kein Mord sein darf. Frankfurt/M.–Berlin 1993

Klose, Alexander: Tod in der Badewanne. (Barschel/Marat/Demand). In: Stehende Gewässer. Medien der Stagnation. Hrsg. von Butis Butis, Zürich–Berlin 2007.

Lachmayer, Herbert: Das Bad. Eine Geschichte der Badekultur im 19. und 20. Jahrhundert. Wien–Salzburg 1991

Lohmann, Friedrich: Jean Paul Marat und das Strafrecht in der französischen Revolution. Bonn 1963

Marat, Jean Paul: Ich bin das Auge des Volkes. Ein Portrait in Reden und Schriften. Hrsg. von Aglaia I. Harting. Berlin 1987

Mergen, Armand: Tod in Genf. Ermittlungsfehler im Fall Barschel: Mordthese vernachlässigt? Kriminalistik Verlag. Heidelberg 1988

Mueller, Michael: Der Fall Barschel. Das tödliche Doppelspiel. Berlin 2007
Pötzl, Norbert F.: Der Fall Barschel. Anatomie einer deutschen Karriere. Hamburg 1988
Reck-Malleczewen, Fritz: Charlotte Corday. Geschichte eines Attentats. Wiesentheid 1947
Reinhardt, Volker: Der unheimliche Papst. Alexander VI. Borgia 1431–1503. München 2005
Saiko, George: Der Opferblock. Wien 1962
Tomkins, Calvin: Marcel Duchamp. Eine Biographie. München 1999
Traeger, Jörg: Der Tod des Marat. Revolution des Menschenbildes. Regensburg 1986
Weber, Marga: Antike Badekultur: München 1996
Winterberg, Yury: Mätressen. Die geheime Macht der Frauen. Köln 2005
Zapperi Roberto: Tizian, Paul III. und seine Enkel. Nepotismus und Staatsportrait. Frankfurt/Main 1990

Der Spiegel, Nr. 38, 39, 42, 43 (1987); Nr. 41, 42 (2007)
Die Welt, 18. 8. 2007
Die Zeit, Nr. 38, 39, 40, 41, 42, 43, 44, 45, 46, 48, 49, 52 (1987)
Stern, Nr. 44 (1987)
Frankfurter Allgemeine Zeitung, Nr. 236, 239, 241 (1987)
Süddeutsche Zeitung, Nr. 234, 235, 245 (1987) Nr. 236 (2007)
Basler Zeitung (BAZ), 15. 10. 1987
Neue Zürcher Zeitung, Nr. 221, 236, 238, 239, 241, 250, 251 (1987)
Schweizer Illustrierte, Nr. 43 (1987)
NDR-Dokumentation: Der Tod des Uwe Barschel – Skandal ohne Ende. 2007

Bildnachweis

Seite 8: Zürichsee, fotografiert von L. F.
Seite 11: Salzburg, fotografiert von L. F.
Seite 12: Wanne aus Bernina-Granit, Gletschervorfeld Morteratsch, fotografiert von L. F.
Seite 17: Kinderbadewanne, fotografiert von M. Januska
Seite 91: Badezimmer von Otto Wagner, Wien, Köstlergasse 3. 1898/99. Österreichische Nationalbibliothek
Seite 118: Steinwanne in Rom, fotografiert von Julius Hummel
Seite 122: Kinderbadewanne mit Lisa Fritsch, fotografiert von ihrem Bruder Günter Fritsch